灰の轍

警視庁文書捜査官

麻見和史

角川文庫
21288

目次

第一章　独居老人

1

朝礼が終わると、大里賢一《おおさとけんいち》はすぐに事務所を出た。

先週までかなりの暑さが続いていたが、今日はいくらか過ごしやすい。営業であちこち回っても、それほど汗をかかずに済みそうだ。

営業車に乗り込み、エンジンをかける。エアコンの風量を調節してから車をスタートさせた。

会社のある高田馬場《たかだのばば》から練馬《ねりま》二丁目まで、三十分もかからなかった。早めに着いたので、仕事関係の電話を入れて時間を調整する。今日は九月十四日、訪問予定は三件だ。これから訪ねる家はすでに契約が終わり、入金の確認も済んでいるから気が楽だった。

約束の午前十時になるのを待って、大里は古いアパートに近づいていった。

出来てからもう四、五十年たつのではないだろうか。《第二平和荘《へいわ》》と書かれた看板は黒っぽく変色していたし、二階建てのアパート自体もあちこち傷んでいる。樋《とい》が外れかかっているところもあるし、灰色の壁にはひび割れが出来ていた。

階段を使って二階に上がった。うっかり手すりに触ると、赤錆《あかさび》が付きそうだ。

二階には四世帯入っているようだった。広めの廊下に洗濯機が設置されている。これを見ても、古い造りだということがよくわかる。

東の隅にある二〇一号室が目的の部屋だ。表札には《藤原達治《ふじわらたつじ》》と書かれている。ネクタイの結び目を直し、髪をざっと整えてから大里はチャイムを鳴らした。

部屋の中で電子音が鳴っているのがわかった。しかし十秒ほど待っても応答がない。もう一度ボタンを押してみたが、やはり住人は出てこない。

腕時計で時刻を確認したあと、大里は辺りを見回した。もしかしたら住人は、コンビニにでも出かけているのだろうか。

前回訪問したとき、携帯電話の番号までは聞かなかった。失敗したな、と大里は思った。今は連絡する手段がないということだ。

――まあ仕方がない。このまま待つか。

外回りの営業をしているから、待たされることには慣れている。次のアポイントメントは午後なので、二時間ぐらいは猶予があった。

大里はアパートの共用通路で時間をつぶすことにした。携帯電話を取り出してスケジュールを確認したり、ゲームをしたり、それに飽きるとまた仕事の電話をかけたりした。

あまり暑くならないかと思っていたが、徐々に気温が上がって蒸してきた。湿度が高く、風がないからよけい暑く感じるのだろう。手すり越しに大里はアパートの裏庭を見下ろした。住人の誰かがメダカでも飼っているのだろうか、大きめの水槽が置いてある。ボウフラがわいて蚊が出そうだ。

十分ほどしてふたつ隣、二〇三号室のドアが開いた。サンダルを履き、手提げ鞄《かばん》を持った四十歳ぐらいの女性が共用通路に出てきて、あら、と言った。大里は頭を下げる。

「こんにちは。藤原さんを訪ねてきたんですが、今日はお出かけでしょうか？」

「さあ、どうかしら」その女性は、首をかしげながら答えた。「出ていけば音がするからわかりますけど、今日は気がつかなかったわね」

「そうですか」大里はうなずく。「もう少し待ってみます」

女性は階段のほうに向かったが、何か気になるのか、こちらへ戻ってきた。不思議に思って大里は彼女を見つめる。

「今思い出したんですけど……」彼女は声を低めて言った。「昨日の夜、ちょっと気になることがあったんですよ。藤原さんちで大きな物音がしたの。何か倒れるような音がね。じきに静かになったんだけど」

「すぐ隣の二〇二号室じゃないんですか？」

大里は藤原宅の隣のドアを指差した。女性は首を左右に振った。

「そこは空室なんです。だから二〇一号室に間違いないんだけど」

何か嫌な予感がした。昨夜、藤原の部屋でトラブルでもあったのだろうか。まさかそのせいで、藤原は応答しないということか。だとしたら、彼の安否を確認したほうがよいのではないか？

「約束があるんでしょう。いるかどうかだけ、たしかめてみたらどうです？」

女性にそう言われて、大里はまばたきをした。

「いや、私がそこまでするのはどうかと」

「でも、もし病気か何かで倒れているんなら、助けてあげないとまずいですよ。男の人がいてくれたほうが……」

結局のところ、彼女も藤原のことが気になっていたのだろう。自分ひとりでは心細いので、大里を巻き込もうと考えたらしい。

「だったら、こうしましょう」大里は提案した。「同じアパートにお住まいだから、奥さんが確認していただけませんか。もちろん私もお手伝いします」

「じゃあ一緒にいてくださいね。……そういえばまだ訊《き》いていなかったけど、あなた、どちらさま？」

「大里といいます。営業の関係で訪ねてきまして……」

「ああ、セールスマンね」

うなずいてから、女性は二〇一号室のドアをノックした。

「藤原さん、いらっしゃいます？　村井《むらい》ですけど」

何度かドアを叩《たた》いたが、応答はなかった。村井というその女性はドアノブをつかんで右に回した。かちゃ、と小さな音がしてドアが開いた。

「あら？　開くわよ。あなた、試してみなかったの？」

「いえ、勝手に開けるわけにもいかないし、考えてもみませんでした」

村井はドアを大きく開けて、中に呼びかけた。

「藤原さん。返事がないけど大丈夫ですか？　それともお留守かしら」

言いながら村井は玄関の靴脱ぎに入った。行きがかり上、大里もうしろから室内を覗《のぞ》き込む。

窓を閉め切っているのだろう、中はむっとする暑さだった。明かりは消えているが、窓ガラス越しに光が入ってくるため暗くはない。

手前はダイニングキッチン、奥は居間と寝室だと思われる。室内はかなり散らかっていた。スーパーやコンビニのレジ袋が散乱し、空のペットボトルやビールの空き缶が転がっている。このところ、藤原はだいぶ乱れた生活をしていたようだ。

ダイニングキッチンと居間の間にタオルケットが落ちていた。起きたあと、畳まずに放置してしまったのだろうか。

いや、そうではない。タオルケットの下から覗いているもの。あれは人間の足ではないか？

「あの……あそこ、誰か倒れてます！」

大里がタオルケットを指差すと、村井も気づいたようだった。

彼女はサンダルを脱いで部屋に上がり込んだ。タオルケットを払いのけると、下から男性が現れた。やや長めの白髪に、いくつか染みのある頬。半分開いたままの口からは銀色の詰め物が見える。彼は両目を大きく見開き、天井を睨《にら》んでいた。

間違いない。大里が会う約束をしていた客、藤原達治だ。

「藤原さん！」

自分でも驚くほど大きな声が出た。大里は老人に駆け寄り、肩に手をかける。揺さぶってみたが、まったく反応がなかった。ゴム人形か何かのように、老人はぐにゃぐにゃと動くばかりだ。

「どうしよう……」

大里は唇を震わせた。混乱して考えがまとまらない。

「きゅ……救急車ですよね」村井が言った。「すぐに呼ばないと」

彼女は手提げ鞄の中から携帯電話を取り出し、一一九番に架電した。

その横で大里は、藤原の顔や胸を観察した。まったく呼吸をしていないようだ。手首をとってみたが脈もない。

「……あ、はい、救急車をお願いします。ええと、同じアパートに住むお年寄りが倒れていまして……年齢ですか？　いえ、わかりません。七十歳か八十歳か、そんなところだと思います。……意識ですか？」

村井は携帯電話を握り締めたまま、こちらを向いた。大里は早口で言った。

「息をしていません。心臓も動いていないようです」

「……あの、息をしていなくて心臓も止まっています」村井は緊張した表情で、相手に伝えた。「住所はですね、練馬区練馬二丁目の……」

早口になって村井は住所を伝える。その様子を見ながら、大里は付け加えた。

「それから、首に絞められたような痕《あと》があります」

紐《ひも》か何かの痕が、素人にもわかるほどはっきり残されていたのだ。

ぎくりとした顔で村井はそれを聞き、何度かうなずいた。そのあと、電話の相手に向かって首の痕のことを伝えた。

通話を終えると、村井は呆然《ぼうぜん》とした表情で荒い呼吸を繰り返した。部屋の中を見回してから、彼女は大里に尋ねた。

「殺人事件……なんですか」

「ええ、たぶん」

早く救急車が来てくれないだろうか、と大里は思った。消防署から救急隊が駆けつけるまで、どれくらいの時間がかかるのだろう。

――仕事で来たのに、こんなことになるなんて……。

まったく予想外の出来事だった。一昨日《おととい》の午後、電話をかけてアポイントをとったとき、藤原には何も変わった様子はなかったというのに。

物言わぬ老人の姿を見ながら、大里は落ち着きなく部屋の中を歩き回った。

2

壁際には段ボール箱が積み上げられていて、かなりの圧迫感がある。そして床には未整理の書類や封筒、雑誌などの山が出来ていた。そのせいで、歩きにくいこと、この上ない。

かつて倉庫だった部屋を改装し、机やパソコンを運び込んで、形だけは執務室にしてあった。しかし労働環境としては相当劣悪ではないだろうか。これでは「倉庫番」などと言われても仕方がない。

その倉庫のような部屋の中で、今、細かな作業が行われていた。

机の上には大量の冊子が積み重ねてある。左の山から冊子を取り、表紙にシールを貼って右の山へ移す。また左の山から一冊取ってシールを貼り、右の山へ積む。延々とその作業を繰り返す。

この単調な仕事を始めてから、もう二時間だ。シールを貼り続けるうち右手が痛くなってきた。それに加えて、ここしばらく無理をしてきた結果が、体のあちこちに出ている。腰も痛いし目も充血していた。気のせいか頭も少し痛む。

矢《や》代《しろ》朋《とも》彦《ひこ》は作業の手を止めて椅子から立ち上がった。ネクタイを緩めて、右腕を大きく回す。肩が凝って仕方がなかった。

「まったく、なんで俺たちがこんなことを……」

ついそんな愚痴が出てしまう。

矢代が立ち上がったのを見て、向かい側の机にいた女性も手を止めた。後輩の夏目《なつめ》静《しず》香《か》巡査だ。彼女の目も赤くなっていた。

凝った筋肉をほぐすように、夏目はぐるりと首を回す。ショートカットにした髪が、右へ左へと揺れる。グレーのスーツを着ているが、少し窮屈そうに見えた。

「先輩、それは言わない約束ですよ」と夏目。

「わかっちゃいるけど、言わずにはいられない」矢代は顔をしかめた。「ただでさえ書類整理なんかをやらされているのに、今度はシール貼りだぞ。こんなこと、アルバイトだってできる仕事じゃないか」

「そうかっかしないでくださいよ。少し休憩しませんか？」

夏目も椅子から立ち上がった。座っているとわかりにくいが、彼女の身長は百七十九・八センチある。矢代より十センチも高いから、普通に話そうとしても顔を見上げなくてはならない。

「まあ、そうだな。休むか」矢代はうなずいた。「このままじゃミスをしそうだ」

「麦茶でいいですよね。……というか、麦茶しかありませんけど」

そう言って夏目は部屋の隅に向かった。トレイにコップを三つ並べ、麦茶を注いで戻ってくる。冊子が濡《ぬ》れてはいけないと思ったのだろう、彼女は空いていた別の作業机にトレイを置いた。

「鳴海《なるみ》主任も休みませんか」

夏目が声をかけると、奥の机からくぐもった声が聞こえてきた。

「ええ……すみません。そこに置いといてください」

生返事をしたのはこの部署の責任者、鳴海理沙《りさ》警部補だ。彼女はいつものように、白いシャツに紺色のスーツを着ている。ボブにした髪に緩いウェーブがかかっていて、ふわっとしたところが本人によく合っていた。矢代が言うのも何だが、理沙は整った顔立ちで、一見すると女優かタレントのような印象がある。しかし彼女は歴《れっき》とした警察官であり、しかもこのチームのリーダーだった。

先日三十二歳になったというから、理沙は矢代より四つ年下だ。その理沙がなぜここの責任者なのかというと、それは彼女が警部補だからだった。警察は上下関係の厳しい世界だ。こちらが年上だといっても、巡査部長の矢代が理沙に楯突《たてつ》くことは許されない。

ただし、と矢代は思う。心の中でどう考えるかは本人の自由だろう。

——この人がもう少し頑張ってくれたらなあ。

見た目がぽわんとしているせいか、他の部署の人間から軽視されやすいところがある。いやしくも一部署のリーダーであれば、常に毅然《きぜん》とした態度をとってほしい、と矢代は思うのだ。にもかかわらず理沙は自分の殻に閉じこもりがちで、できることなら執務室でずっと文書を読んでいたいなどと言う。

部下が上司を批判するのは御法度だが、それにしても矢代から見て、理沙には気になる点が多かった。本や書類を机に積み上げているのも困るし、言われるがままに、よけいな仕事を引き受けてしまうのも困る。

今回の作業もそうだった。

「鳴海主任、ちょっとよろしいですか」思い切って矢代は話しかけてみた。

しかし理沙はシール貼りを続けている。顔を上げもせずに、彼女は答えた。

「大丈夫ですよ。麦茶はあとでいただきますから」

「そうじゃなくてですね」矢代は彼女の机に近づいて、咳払《せきばら》いをした。「俺の話を聞いてください」

「え？　あ、はい」

驚いたような声を出して、理沙は作業の手を止めた。椅子に腰掛けたまま、矢代の顔をじっと見つめる。

「このシール貼りですがね、なんで我々がやることになったんです？」

上司の批判はできないが、質問することは可能だ。その会話の中に、多少の不満を交えることも問題ないだろう。

理沙は何度かまばたきをしていたが、やがてこう言った。

「うちには編集責任がありますから……」

彼女は手元の冊子を一冊手に取った。表紙には《未解決事案捜査の手引き》というタイトルがあり、編著者として《警視庁捜査第一課　文書解読班》と印刷されている。

「そもそも、なぜこんな冊子の編集をすることになったんですか。我々の仕事は、文書管理をしながら必要に応じて現場に臨場し、捜査の支援を行うことですよね？」

「え？　矢代さんもその場にいましたよね。財津《ざいつ》係長経由で、上から指示が来たんです。文書解読班は未解決事件の書類も整理しているから、そこで得られた知識をまとめるようにと。さらに、その知識を警視庁全体で共有するため、簡単な冊子を作って配布せよと言われました。まあ実際のところ、予算が余ったから使ってしまえという意図も感じられたわけですが、私たち現場の人間が口を出すようなことではないので……」そこで理沙は夏目のほうに目を向けた。「そうですよね？」

「鳴海主任のおっしゃるとおりです」

夏目はこくりとうなずいた。その様子を横目で見ながら、矢代は質問を続ける。

「たしかに、それ自体は上からの命令なので拒絶できません。でも、編集業務は外の会社を使えばよかったと思うんですよ。なんで忙しい俺たちが、よけいな仕事を背負《しょ》い込まなくちゃいけないんです？」

「よけいな仕事って……。矢代さんもけっこう乗り気だったじゃないですか。『これを機に、未解決事件の再捜査が進むといいなあ』って」

「ええ、言いましたよ。でも編集作業を外部委託すれば、この数週間、あんなに残業しなくてもよかったはずです。ここしばらくは徹夜続きだし」

今、矢代や夏目が疲れきっているのは、編集や校正という慣れない作業を続けてきたせいだった。始める前は、まさかこんなに神経を使うものだとは思ってもみなかった。

「いや、まあ、そうかもしれませんが、外部委託して捜査の情報が漏れてしまったら、まずいですし」

「俺たちは警察官ですよ」矢代は自分の胸を指差して言った。「こんな細かい作業には向いていません」

「でも、やってみたらけっこう充実していたじゃないですか。文章を書くのも、文字のフォントを選ぶのも楽しかったし。このフォントは、吟味に吟味を重ねて決めたんですよ。校正が終わったときには、明け方に三人で握手を交わしましたよね。あのとき、みんなの気持ちがひとつになったのでは……」

「あれは徹夜続きで妙なテンションになっていたからです」

「そうでしょうか？　夏目さんなんか、『やり方がわかったから私も〈薄い本〉が出せそうだ』って喜んでいましたよ」

「えっ。私そんなこと言いましたっけ？」

夏目が目を丸くした。疲れすぎていて、あのときのことは記憶にないらしい。

矢代は机の上の冊子を手に取って、表紙を理沙に見せた。

「おまけにこれです。編集だけでも大変なのに、誤植を直すためのシール貼りをするなんて聞いてません」

「ああ……。それについては本当に申し訳なく思います」理沙は顔を曇らせた。「でも、間違っているものは直さないとね。いくら組織内部の資料だといっても、これはまずいということになったわけでして」

あらためて矢代は表紙をじっと見つめる。それからこう続けた。

「《警視庁捜査第一課　文書解読班》が間違いだということでしたよね？」

「そうです。私たちも指摘を受けるまで見落としていました。正しくは《警視庁捜査第一課　科学捜査係　文書解読班》でなければいけないと」

「意味がわかればいいじゃないですか。科学捜査係が抜けたって」

「でも、その科学捜査係からクレームがついたんです」

出来上がった冊子をサンプルとして何冊か渡したとき、そういう意見が出されたという。

「そんなクレーム、財津係長の権限で抑え込んでくれればいいのに……」

「最初はそのつもりだったみたいですけど、上から直すように命令されたそうです。たしかに《警視庁捜査第一課　文書解読班》だと科学捜査係を無視したように見えますからね。ほら、最近文書解読班が注目を浴びているから、面白く思わない人がいるんでしょう」

「仮にうちのミスを認めるとしても、財津係長にはゲラを見せていたんですよね？　だったら俺たちだけの責任というわけじゃないでしょう。財津係長の部下を……科学捜査係の人間を応援に出してくれてもいいと思いませんか？」

ぶつぶつ言う矢代の前で、理沙は宥《なだ》めるような仕草をした。

「編集責任は私たちにあるわけですから、仕方ありません。アルバイトにシール貼りをさせたら、そこから情報が漏れるかもしれないので、結局私たちがやるしかないんです。矢代さん、ここはこらえてください」

「しかしですね……」

と矢代が言いかけたとき、横で夏目が右手を挙げた。

「意見具申です。矢代先輩、それぐらいにしておきませんか。鳴海主任だって、好きで冊子の編集なんかを引き受けたわけじゃないんですから」

「いや、そうかなあ」

理沙は文字フェチで、文章や文書が好きなのだそうだ。自分で小説を書いていたこともあるというし、案外、喜んで編集作業を引き受けたのではないだろうか。

矢代がまだ話を続けようとすると、うしろから男性の声が聞こえた。

「おいおい、おまえたち。何を騒いでいるんだ」

はっとして矢代は振り返った。段ボール箱の壁をよけながら、中年の男性が入ってくるのが見えた。目尻《めじり》が下がった穏やかそうな目に、銀縁眼鏡をかけている。縦縞《たてじま》の入ったワイシャツにグレーのスーツを着ていた。

科学捜査係の係長、財津喜延《よしのぶ》だ。

矢代と夏目は姿勢を正した。椅子に座っていた理沙も慌てて立ち上がる。

「あまり大声で話すなよ。廊下まで聞こえてきそうだ」

「すみません」三人を代表して理沙が頭を下げた。「ちょっと議論をしていまして」

財津は矢代のほうを向いて言った。

「だいぶ、カッカしているみたいだな。まあ矢代の気持ちもよくわかる」

「あ……はい、ありがとうございます」

「表紙に組織名の間違いがあるのは絶対にまずい、と強く言われてシールを貼ることになったんだ。矢代たちには手間をかけさせたな」財津は腕組みをした。「まあ、元はといえば文書解読班のミスなんだけどさ」

財津は飄々《ひょうひょう》とした性格で、とらえどころのない人物だ。四十九歳の彼は科学捜査係を仕切り、さまざまな事件に関わる立場にある。ただし、文書解読班の指揮は理沙に任せきりという印象だった。

「だが、シール貼りはもう終わりにしていいぞ」財津は意外なことを言った。

「どういうことです？」理沙は首をかしげる。「誰か代わりを引き受けてくれる人が見つかったんですか」

「科学捜査係の若い連中にやらせる。鳴海たちには別の仕事が出来た」

「というと……」

「捜査一課長から指示があった。今から殺人事件の現場に臨場だ」

殺人事件と聞いて、矢代は表情を引き締めた。普段は書類の整理ばかりやらされているが、この部署には文書解読を行うという役目もある。リーダーの理沙が文章心理学を使って文書の調査・解析を行い、矢代と夏目はその手足となって情報を集める。半年ほど前に発生した稀覯本《きこうぼん》がらみの事件は、そうやって解決することができた。

現場に出られるのなら、こんなに嬉《うれ》しいことはない。成果を挙げればいずれ殺人班に引き抜いてもらえるのではないか、と矢代は考えていた。元刑事の自分に似合っているのは、やはり足を使った捜査だ。

矢代たちは早速、外出の準備に取りかかった。

3

矢代、理沙、夏目の三人は桜田門《さくらだもん》の警視庁本部を出て、東京メトロ・有楽町《ゆうらくちょう》線に乗った。

事件現場である練馬区練馬二丁目のアパートに着いたのは、午前十一時二十分ごろのことだった。警察車両が何台か停まり、人々が集まっているのが見えた。

敷地の入り口には黄色い立ち入り禁止テープが張ってある。辺りには制服警官が何人かいて、野次馬が侵入しないよう目を配っていた。

「捜一の文書解読班です。ただいま到着しました」

理沙が声をかけると、若い警察官が背筋を伸ばして敬礼をした。

「現場はこのアパートの二階、二〇一号室です」

ありがとうございます、と言って理沙は白手袋を両手に嵌《は》めた。矢代と夏目も同じように手袋をつける。

慌ただしく作業をしている鑑識課員たちの中に、見知った顔があった。矢代は近づいていって声をかけた。

「権藤《ごんどう》さん、採証活動はどうなっていますか」

活動服を着た男性が振り返った。主任の権藤巌《いわお》警部補だ。人のよさそうな顔をしているが、何か運動をやっているのだろう、腕にかなりの筋肉がついていた。

「お疲れさまです。ええとですね、鑑識の活動はまもなく終わるところです。じきにみなさん部屋に入ると思うので、そのタイミングで中を確認してください」

鑑識課の権藤主任とは現場で一緒になることが多く、何かと世話になっている。いつもすみません、と矢代は頭を下げておいた。

そのアパートは相当古いものだった。二階建てのシンプルな構造だが、あちこちガタがきている。普通なら、そろそろ建て替えを検討しなければいけない時期だろう。

階段の下、集合式郵便受けの前で、スーツ姿の男性たちが何か話し込んでいた。中心に立っている人物を見て、矢代は思わず眉《まゆ》をひそめた。

いつも無表情で他人を見る目が冷たい、鋭利な刃物のような人物。捜査一課四係の古《こ》賀清成《がきよなり》係長だ。財津より三つ下の四十六歳だが、髪に白いものが交じっていて、実際の年齢より上に見える。

背の高い夏目が、腰を屈《かが》めてささやいてきた。

「先輩、また古賀係長の四係じゃないですか。ちょっと面倒ですね」

稀覯本がらみの事件で、夏目は古賀という人物をよく理解している。癖のある性格だとわかっているから、面倒ですねと言ったのだ。

「まあ、あまり気にしないほうがいいよ。上は上、俺たちは俺たちだ」

「そうですよ、夏目さん」理沙が励ますように言った。「面倒なことは、主任である私が引き受けます。夏目さんは捜査に集中してください」

夏目と理沙の身長差は二十センチほどだ。理沙を見下ろしながら、夏目は尋ねた。

「いいんですか？」

「ええ、もちろん。そのための上司です。もし文書解読班がないがしろにされることがあれば、私に言ってください」

それを聞いて、夏目の表情が明るくなった。

「ありがとうございます。鳴海主任、頼りにしています」

異動してきたばかりのころ、夏目は理沙に対して反発することが多かった。上司として頼りないというのがその理由だったようだ。だが複雑な事件を解決した理沙を見て、夏目も考えを変えたらしかった。

そして夏目に慕われることで、理沙のほうもリーダーとしての自覚を持ったのだろう。多少無理をしている感じはあるが、以前よりも堂々と振る舞っている。

背筋を伸ばして、理沙は古賀のほうへ歩いていった。

「古賀係長、ご無沙汰《ぶさた》しています。文書解読班、到着しました」

理沙が話しかけると、古賀は部下との話を中断してこちらを向いた。文書解読班のメンバーに気づいても、彼は無表情のままだ。それを見ているだけで、夏目の緊張が高まってきたようだった。

長年捜査の現場を歩き、修羅場を見てきたベテランの顔。無意識のうちに滲《にじ》み出る厳しさとでも言えばいいのだろうか。

「鳴海か。久しぶりだな。シール貼りはもういいのか」

いきなりのジャブだ。理沙は返事に詰まっていたが、じきに咳払《せきばら》いをした。

「……よくご存じですね」

「知りたくもないことだが、耳に入ってくるものは仕方がない」

「シール貼りはおいておくとして、出動の命令を受けましたので臨場しました。四係の捜査に協力させていただきます」

理沙がそう言うと、古賀はわずかに眉をひそめた。

「上の命令だから、仕方なく君らに仕事を与えるんだ。だいたい君たちは出しゃばりすぎる。過去二回の捜査は、いずれもそうだったよな。文書解読とはあまり関係のないところに首を突っ込んで、我々を混乱させた。忘れたとは言わせないぞ」

「事件を解決するために全力を尽くした結果、ああなったんですが……」

「OK、君たちの努力があの成果につながったことは認めよう。だが解決のためなら何をしてもいい、というわけじゃない。君らの仕事は文書解読だ。そこをわきまえてもらわなくては困る」

「承知しました」理沙は姿勢を正して答えた。

警察の中で階級の差は絶対だ。そして、その階級に従って作られた各部署は、チームとして行動することになる。事件解決という目的のために、各チームは協力していく。だから理沙のような「出る杭《くい》」は打たれるのだ。

理沙の様子を観察してから、古賀は重々しい口調で言った。

「では現場に行こう。文書解読班も一緒に来い」

彼は踵《きびす》を返し、四係のメンバーとともに歩きだした。矢代、理沙、夏目の三人も彼らのあとに続いた。

階段を上ろうとしたとき、矢代の隣に男性が並んだ。がっちりした体形の人物だ。ほかの捜査員に聞こえないよう、彼は小声で話しかけてきた。

「調子はどうだい、倉庫番」

四係に所属する主任、川奈部《かわなべ》孝史《たかし》警部補だ。矢代を倉庫番などと呼ぶ口の悪い先輩だが、これでなかなか面倒見のいいところもある。ときどき捜査情報を教えてくれることもあって、矢代は彼を慕っていた。

「川奈部さん、今回の事件ですけど、何か文書関係の証拠品があったんですよね？」

「もちろんだ。だから文書解読班を呼んだんだよ」川奈部は口元を緩めた。「じつを言うと、おまえたちを呼ぼうと言ったのは、古賀さんの上司の管理官らしい」

「本当ですか？　ありがたいですね。わざわざ俺たちを呼んでくれるなんて」

「古賀さんも口ではあれこれ言うが、おまえたちを呼ぶことに反対はしなかったようだ。しっかりやれよ、倉庫番」

そう言って、川奈部はいたずらっぽく笑った。

過去の実績を見て、古賀が文書解読班を評価したということだろうか。いや、待てよ、と矢代は思った。話はそう簡単ではないかもしれない。もしかしたら古賀は、粗探しをして理沙や矢代をやり込めようと思っているのではないか。そう考えると、呼ばれたことを喜んでばかりもいられなかった。

——とはいえ、俺たちにとって、現場に出るチャンスは貴重だからな。

ここは素直に、古賀に従うべきだろう。捜査でいい結果を出せば、文書解読班の評価は上がるのだ。

「ありがとうございます。期待に応《こた》えられるよう頑張ります」

矢代が頭を下げると、川奈部は首を横に振った。

「いや、俺たちが期待しているのは鳴海だよ。矢代には文書解読の力なんて、これっぽっちもないだろ？」

「また、そういうことを……」

相変わらず川奈部は口が悪い。矢代はひとり顔をしかめた。

捜査員たちはアパートの二階に上がり、二〇一号室に入っていった。

外観と同様、部屋の中もかなり古びていた。壁のクロスはあちこち茶色くなっていたし、窓枠には埃《ほこり》が溜《た》まっている。床板も場所によって凹凸があり、気をつけないとつまずきそうだ。

間取りは2DKだった。手前にはダイニングキッチン、右手にユニットバス、奥には居間と寝室がある。

ダイニングキッチンと居間の間に老人が倒れていた。髪はすっかり白くなっている。両目を大きく見開いた遺体を前にして、夏目は少し動揺しているようだった。

遺体を取り囲んで捜査員たちは手を合わせる。そのあと、鑑識の権藤が説明を始めた。

「被害者はですね、この部屋の住人の藤原達治、七十五歳です。頸部《けいぶ》に索条痕《さくじょうこん》があり、ロープなどで首を絞められて窒息死したとみられます。近隣住民が昨夜、この部屋のほうから物音がしたと証言しています。はっきりしませんが、午後十時ごろだったようです」

捜査員たちは厳しい顔で話を聞いている。矢代はメモをとり始めた。

「奥の居間を調べたところ、箪笥《たんす》が荒らされていました。財布や預金通帳が見つからないことから、物盗《ものと》りの線も考えられます」

遺体や室内の状況について一通り説明を受けると、古賀係長は部下に指示を出した。

「室内をよく確認してくれ。何か気がついたことがあれば報告を」

はい、と答えて捜査員たちは部屋の中を調べ始めた。

彼らの邪魔をしては悪いと思ったのか、理沙は壁伝いにそろそろと移動していく。矢代と夏目も、彼女に従った。

寝室には布団が敷かれている。何着かの服が、床に脱ぎ散らかしてあった。書棚には小説や雑誌、実用書などが並んでいる。

「これは何だろう……」理沙はある雑誌の背表紙を見つめた。「企業研究の雑誌が何冊かありますね。それから会社四季報、就職四季報も」

「企業の研究をしていたんでしょうか」矢代も書棚を覗《のぞ》き込んだ。「藤原さんは株でもやっていたのかな」

ほかの捜査員たちの間を縫って、矢代たちは居間に移動した。

電源コンセントの近くにローテーブルがある。おや、と矢代は思った。天板の上に、パーティーで使うような四角い金属製の皿が置かれていたのだ。かなり大きくて、縦四十センチ、横五十センチほどはありそうだ。皿の上には何も載っていなかった。

「オードブル皿でしょうか」矢代はローテーブルのそばにしゃがみ込んだ。「かなり立派なパーティーができそうだ」

「ひとり分の料理を並べるには大きすぎますね。Ａ３サイズの紙は二百九十七ミリ掛ける四百二十ミリですが、それより一回り大きいぐらいでしょうか」

「よくそんな数字を知っていますね」

感心したように矢代が訊《き》くと、理沙は当然だという顔をした。

「紙のサイズは文書と深く関わっていますからね。文書解読班のメンバーなら普通知っていることだと思いますけど」

「……知らなくてすみませんでした」

矢代は肩をすぼめる。理沙はオードブル皿を隅々まで観察した。

「何か、別の目的で使っていたんでしょうか」

「水が漏れないようにしていたのかな。植木鉢でも載せていたのでは？」

「でも矢代さん、ベランダにも植木鉢はないようですよ」

「だとすると、何かを隠すためとか？」

矢代は手袋を嵌《は》めた手で、オードブル皿を持ち上げてみた。ローテーブルの天板を確認したが、傷があるわけではないし、現金や証書が隠されているわけでもない。

「何もないですね」

首をかしげながら、矢代は皿を元に戻した。

ローテーブルの周りには雑誌が散らかっていた。窓の上には大きめのエアコンが設置され、床には扇風機がある。そこまではいいのだが、壁際を見て矢代は違和感を抱いた。この部屋には不似合いなサイズの、大型液晶テレビが置いてあったのだ。

「ずいぶん大きなテレビだな」

矢代がつぶやくと、夏目がこちらを向いた。

「もしかしたら、映画を見るのが趣味だったんじゃないでしょうか。ホームシアターという感じで、大きなテレビを買ったのかも」

「このアパートでホームシアターか。しっくりこないが……」

「でも先輩、大は小を兼ねるという考え方だったのかもしれません。ほら、エアコンもけっこう大きいですよね。部屋は四畳半ですが、このエアコンは八畳から十畳ぐらいで使うタイプじゃないでしょうか」

テレビ台の下に機械を設置するスペースがあり、そこにDVDレコーダーが収めてあった。レコーダーの上にはDVDケースがいくつか置かれている。手に取ってラベルを見ると、自分で録画した映画やドラマ、ドキュメンタリーなどらしい。

「報告します。エアコンもテレビもDVDレコーダーも、わりと新しいものですね」夏目は携帯でネット検索をした。「ですが、どれも五年以上前に発売された製品です」

「型落ちで安くなったものを買ったんじゃないか？　そのへんはしっかりしている人だったんだろう」

「だからテレビもエアコンも、部屋に似合わない大型のものなんでしょうか」理沙が矢

「安物買いの銭失い、という感じもしますが」

代に話すと、窓際の机に眼鏡が四つ置かれていた。おそらくあれは老眼鏡だ。歳をとるにつれて度が進むから、何度も作り直す必要があったのではないか。

「こっちには会員証やサービス券、診察券なんかがありますね」夏目がカード類をつまみ上げた。「総合病院の内科、泌尿器科、それから眼科クリニック……」

「歳をとると、あちこち悪くなりますからね」と理沙。

ダイニングキッチンから文書解読班を呼ぶ声がした。慌てて矢代たちはそちらへ向かう。

テーブルのそばに古賀係長と川奈部主任がいた。理沙たちがやってきたのを見て、古賀が口を開いた。

「クローゼットから大量のノートやメモ、アルバムが出てきた。君たち文書解読班にはそれを確認してもらいたい。被害者・藤原達治がどんな人物だったのか、何を考えていたのか、誰とつきあいがあったのか調べるんだ」

「ええと……それだけですか？」

「いや、もうひとつ、気になるものがある」

古賀は白手袋を嵌めた手で、透明な証拠品保管袋をつまみ上げた。中に、手帳サイズほどのメモ用紙が入っている。理沙は保管袋に目を近づけた。その紙にはボールペンでこんな走り書きがあった。

計画１　室内　窒息　ロープ
計画２　室内　窒息　ロープ
計画３　屋上　墜落

理沙は真剣な顔で文字を読んでいる。その様子を見ながら、古賀は尋ねた。

「何だと思う？　文書解読班……」

「非常に興味深いですね」理沙は顔を上げた。「計画1、2は『室内』で『ロープ』を使って『窒息』させるということでしょうか。計画3は『屋上』から『墜落』させるのでは？　この現場の被害者も、ロープで首を絞められたということでしたよね」

彼女は藤原達治の遺体に目を向けた。ああ、そうだ、と古賀は答える。

「大胆に推測するなら……」理沙は続けた。「ここに書かれているのは殺人計画ではないでしょうか。今回が第一の事件で、このあと第二、第三の事件が起こるということかもしれません」

理沙は目を輝かせているように見えた。これは捜査に臨むときの彼女の特徴だ。理沙は極度の文字フェチで、他人の書いた文章や文書を好んでいる。こうした遺留品、証拠が見つかると俄然《がぜん》やる気になるタイプなのだ。

[illegible]を見回してから、理沙はあらためて古賀のほうを向いた。

「このメモはどこにあったんですか？」

「テーブルの下だ。辺りにはレシートやダイレクトメールも散らばっていた」

「犯人のものだという可能性がありますね。揉《も》み合ったときに落としたんじゃないでしょうか。……そうだ、筆跡はどうです？」

「カレンダーの字と比べた結果、このメモは藤原のものではない、と考えられる」

「だったら、やはり犯人が落としたということに……」

そう言いかける理沙を、古賀は制した。

「あまり先走りしすぎるな。そういう推測も成り立つだろうが、話が出来すぎていると思わないか」

「どういうことです？」

「我々にとって都合がよすぎるということだ。もしかしたら犯人は、警察の捜査を攪乱《かくらん》しようとしているのかもしれない。俺は、犯人の罠《わな》ではないかと思っている」

「え……。それはそれで、考えすぎのような気もしますが」

理沙は首をかしげて、保管袋の中のメモを見つめる。

咳払《せきばら》いをしたあと、古賀は理沙に命じた。

「鳴海たちには、この計画メモらしきものの意味を探ってもらう。それと同時に、大量に見つかった藤原のノートやメモもチェックすること。いいな？」

「わかりました。やり甲斐《がい》がありますね」

部屋にあったノートパソコンは、特別捜査本部で預かることになるという。

玄関のドアが開いて、共用通路から若い捜査員が顔を出した。

「古賀係長、第一発見者にお会いになりますか？」

「もちろんだ」古賀は重々しい口調で言った。「ふたりいるといったな。それぞれの素性はわかっているのか？」

ええ、とその捜査員はうなずく。

「ひとりは二〇三号室の村井という主婦です。もうひとりは男性で、今日十時にマル害と会う約束をしていた営業マンです」

おや、と矢代は思った。偶然だろうが、その営業マンはセールスのために訪れて、被害者の遺体を発見したということか。

「そいつは何の営業をしに来た？」

古賀が尋ねると、捜査員は緊張した表情でこう答えた。

「墓を販売しているんだそうです」

矢代は古賀係長たちとともに、遺体発見者から事情聴取をした。

最初に話してくれたのは、サンダルを履いた四十代と思われる女性だ。二〇三号室に住む村井という主婦で、昨夜十時ごろ二〇一号室のほうから物音がするのを聞いたという。

「誰かが訪ねてきた様子はありませんでしたか？」

川奈部主任がそう問いかけると、村井は首をかしげて、

「どうでしょう……。私、お風呂《ふろ》に入ったり洗い物をしたりしてたから。それにお隣がけっこう、うるさくて」

大家が四の数字を嫌ったのだろう、左隣は二〇五号室だ。その部屋のテレビの音が大きくて、ずっと気になっていたそうだ。

「藤原さんはひとり暮らしでしたよね。普段から親しくなさっていたんですか？」

「引っ越しの挨拶《あいさつ》に見えたとき、長野県の出身だと言ってたんですよ。お姉さんが送ってきたとかで、ときどき野菜を差し入れてくれるようになって」

「何かに悩んでいるとか、気にしている様子はありませんでしたか」

「いえ、すみません。そこまではちょっと」

村井から得られる情報はあまりなかった。彼女を部屋に帰したあと、川奈部はもうひとりの第一発見者を呼んだ。

二十代後半の若い男性だが、髪をきちんと整えているし、ワイシャツやスーツにも清潔感がある。だが何度も事情を訊《き》かれているせいか、彼は疲れた顔をしていた。

「お待たせしました。繰り返しになってすみませんが、お名前、年齢、職業を教えていただけますかね」

川奈部が尋ねると、男性は名刺を差し出した。

「さっき別の方にも渡したんですが……。大里賢一、二十八歳、石材店の社員です」

「石材店？」そばにいた古賀係長が首をかしげた。「お墓の営業をしている方だと聞きましたが」

「あ、そうです。先月問い合わせをいただいて、霊園のご案内をしました。何度か打ち合わせをしたあと、ご契約いただきまして。今日はお墓の詳細確認のために、十時のお約束でお邪魔したんですが……」

「石材店の社員が墓の営業をするんですか？」

古賀はぴんとこないという顔をしている。横から川奈部が説明した。

「係長、そういうものらしいですよ。最近はどんな宗教でも入れる霊園があるでしょう。基本的にはお寺の下に管理会社が入って霊園を造るんですが、そこに石材店が出資して墓を売るらしいんです」

「川奈部、おまえ、やけに詳しいな」

「私のうちでもこの前、墓を作ったもんですから。けっこう費用がかかりますよね」

そういえば、と矢代は思った。川奈部は今年、家を建てたと聞いている。その上、墓も買ったということか。矢代は今三十六歳、川奈部は四十二歳だが、六歳違うとそれほど生活に差が出るものだろうか。

「……で、大里さんは墓の打ち合わせをしに来たわけですね」川奈部は質問を続けた。

「立ち入ったことを訊きますが、その墓に入るのは誰なんです？　藤原さんの家族とか親戚《しんせき》とかですか」

「いえ、藤原さんの話では、奥さんのお骨を納めて、いずれはご自身も入るだろうと」

「奥さんは亡くなっているんですか？　お骨をどこかの墓から移してくるということですかね」

「そのへんがちょっと複雑でして」大里は記憶をたどる表情になった。「藤原さんは次男で、先祖代々のお墓には入らないことになっていたそうです。五年前に奥さんが亡くなったんですが、宗教にはこだわらなかったので、神式の葬儀をなさったと話していました」

「神式の葬儀？」

思わず矢代は聞き返してしまった。理沙や夏目も同じ思いだったらしく、不思議そうな顔をしている。

「神道です。神主さんに葬儀をお願いしたということですね」と大里。

「あまり聞かない話ですが……」

「仏教でお寺さんに頼むと、葬儀のあとお盆とかお彼岸とか、いろいろ行事が多いですよね。神式だとそういったことを、あまり気にせずに済むというわけです。そのへんは個人の考え方によるところかと思います」

「……で、奥さんのお墓は今どこにあると言っていました？」

「ああ、それがですね、お墓はないとおっしゃっていました。手元供養といいますか、お骨はご自分で持っていたそうです」

これには驚かされた。矢代は理沙と顔を見合わせる。

「亡くなったのは五年前ですよね。そのあとずっとですか？」矢代は尋ねた。

「ええ、そういう話でしたが……」

「お骨って、そのまま持っていてもいいんでしたっけ」

小声で理沙が尋ねると、川奈部は軽くうなずいた。

「法的には問題ないよ。まあ、気持ちの問題はあるだろうけどね」

これまで自宅で供養していた遺骨を、今さらだが墓に納めようと考えたのだろう。七十五歳になり、自分の体が弱ってきたことなどと関係あるのかもしれない。

「お墓の準備をしていた矢先に、こんな事件に巻き込まれるなんて……」

理沙が口にした言葉は、重いものだった。矢代たちだけでなく古賀も唇を引き結び、深刻な表情を浮かべている。

大里に礼を述べたあと、古賀係長はこちらを向いた。

「奥さんの遺骨が見つかったかどうか、中にいる捜査員に確認しよう」

川奈部とともに、彼はアパートの階段に向かった。

4

練馬警察署の講堂に特別捜査本部が設置され、午後一時から捜査会議が開かれた。

捜査一課四係の古賀係長が議事を進めた。彼はホワイトボードの前に立って状況説明を行っている。指示棒を使って話す様子は、セミナーの講師のようにも見えた。

「……ということで、藤原達治は五年前に妻を亡くしています。遺骨は部屋から見つかり、葬儀の関係者からも事実確認ができています。妻との間に子供はいません。兄は亡くなっていますが、長野県に結婚した姉がいるので、そちらに連絡をとっているところです。それはいいとして……」

古賀は手元の資料に目を落とした。

「配付した資料に記載したとおり、藤原の部屋から奇妙なものが見つかっています。まずテーブルの下に落ちていた、何らかの計画を示すようなメモ。何者かの指紋が出ていますが、データベースで前歴者ヒットはありません。ほかに藤原自身の指紋も付いていました。もしかしたら犯人とは面識があり、事件の前、藤原はメモを受け取るなどしていたのかもしれません。……このメモを第二、第三の犯行計画だとする意見もありますが、まだ断定はできない状態です。仮に犯人が書いたものだとしても、それが捜査の攪《かく》乱《らん》を狙った罠《わな》だという可能性も排除できない。今の段階では、このメモはひとつの情報として捉《とら》えておくことにします。それから……」

資料のページをめくって、古賀は説明を続けた。

「部屋にあった手紙類を調べたところ、紳士服店からダイレクトメールが何通も届いていました。不思議なことに、どれもリクルートスーツの広告です」

その話を聞いて、矢代はまばたきをした。いったいどういうことだろう。

隣にいる理沙も、怪訝《けげん》そうな顔で資料を見つめている。

「藤原達治は七十五歳です」古賀はホワイトボードを指し示した。「この歳の人間にリクルートスーツの宣伝が来るのは不自然です。なぜそんなダイレクトメールが届いていたのか気になります。紳士服店が年齢を間違えていたと考えられるが、それにしても何か間違えるきっかけがあったはずです」

たしかに、と矢代は思った。資料としてダイレクトメールの写真が載っていたが、パソコンで印刷したと思われる宛名《あてな》シールが貼られている。おそらく顧客管理システムを使っているだろうから、紳士服店が最初に藤原の名を登録したとき、生年月日の入力ミスがあったのではないか。

あの、と言って矢代は手を挙げた。指名を受けて立ち上がる。

「そういえば、被害者の書棚に会社四季報や就職四季報がありました。リクルートスーツの件と何か関係あるような気がします」

「四季報か。それは妙だな」

しばらく古賀も首をかしげていた。

説明が済むと、古賀は捜査員の組分けを発表した。ブツ関係を調べる証拠品捜査班、現場周辺で情報を集める地取り班、関係者の話を聞く鑑取り班、そしてデータ分析班や予備班などが編成された。

「証拠品捜査班はこのダイレクトメールについて調べてください。鑑取り班は藤原の友人、知人に当たってほしい。現在、彼の携帯電話が見つかっていないが、もしかしたら犯人が持ち去ったのかもしれません。そうだとすると、犯人は藤原とやりとりしていた可能性もある。それを考慮した上で入念に捜査を進めてください」

はい、と若手の捜査員たちが答えた。

「最後に、今回の捜査には科学捜査係文書解読班が加わります」古賀は捜査員席に目を走らせた。「鳴海、どこにいる？」

「ここです」

右手を挙げて、理沙は椅子から立ち上がった。

隣に座った財津係長は、黙ってその様子を見ている。本来なら管理職である財津がみなに顔を見せるべきだろうが、指名されたのは理沙だ。彼女が実務の責任者だから、それでいいという考えらしい。

指示棒を縮めながら、古賀係長が言った。

「文書解読班には現場に落ちていた計画メモと、大量のノートなどを調べてもらう」

「必要があれば、聞き込みに出かけてもよろしいですよね？」

理沙がそう尋ねると、古賀は眉《まゆ》をひそめた。

「前にも言ったが、これは組織捜査だ。勝手な行動は慎んでもらいたい」

「ですが係長、たとえばそのダイレクトメールの件は、文書解読班の仕事だと言えないでしょうか。ダイレクトメールは手紙の一種です。そして手紙といえば文章が書かれたものです。文書解読班が調べてもいいのではないかと」

「それは証拠品捜査班が調べると言っただろう」

「すべての仕事を縦割りにできるわけではないと思います。複数のチームが同時に調べるケースもあるでしょうし、その中で意外な手がかりが見つかる可能性もあります」

古賀は黙って、手にした指示棒を伸ばしたり縮めたりした。数秒たってから、彼は表情を変えずに言った。

「たいした自信だな。それはいったい、どこから湧いてくる?」

「……はい?」

「君たち文書解読班は、何度か事件解決に貢献した。だが、自分たちだけの手柄だと思ってもらっては困る。四十人、五十人という人間が特捜本部に集まって、それぞれの役目を果たすから捜査は進むんだ。これまでにも、君たちに美味《おい》しいところだけ持っていかれたと、不満を抱いている者は多い」

きつい言い方だ、と矢代は思った。特捜本部を仕切る者として理沙に命令を下すのはいいが、捜査員の不満などを話すのは筋違いだと感じる。

「いいえ、そんな……」理沙は釈明する口調になった。「私たちは殺人班をサポートする立場ですから、出しゃばるつもりはありません。ただ、文書捜査というのは文書を調べるだけで完結するものではないと思うんです。さまざまな情報を集めるため、ときには聞き込みも必要になってきます。私たちの文書捜査は、情報を組み立てていくものですから」

古賀はかすかに眉をひそめた。今の言葉を不快に感じたのだろうか。

だが彼は感情的になることなく、理沙に向かってうなずいた。

「ＯＫ、いいだろう。調べることはかまわない。だがその結果はきちんと報告してほしい。それが条件だ」

「わかりました。係長、ありがとうございます」

背筋を伸ばして一礼すると、理沙は元どおり椅子に腰掛けた。矢代のほうをちらりと見てから、彼女は表情を引き締めた。

捜査会議のあと、矢代たち文書解読班はそのまま講堂で打ち合わせを行った。

メンバーは理沙と夏目、矢代の三名だ。夏目は内勤より外の仕事が好きだと言っていたから、今回捜査に加わることができて、張り切っているようだった。

「久しぶりの特捜入りです。私、全力を尽くしますから」

彼女の鼻息は荒い。スポーツ全般が趣味だという夏目は、体を動かしたくて仕方がなかったのだろう。

「夏目さん、期待していますよ」理沙が言った。「いつものように、私は頭脳労働を担当させてもらいます。矢代さんと夏目さんで情報を集めてください」

一年ほど前、アルファベットカードを使った事件が起こったとき、文書解読班には理沙と矢代しかいなかった。必然的にふたりで捜査することになったのだが、約半年後に追加で夏目が配属された。それで理沙は、あまり現場に出なくなっていたのだ。

捜査方針について相談していると、廊下から財津係長が入ってきた。急ぎの用事があって席を外していたらしいが、もう済んだのだろうか。

「みんな、ちょっといいか」

財津は若い男性を従えていた。身長は矢代より低くて、おそらく百六十センチぐらいだろう。フレームの黒い、どちらかというと古い形の眼鏡をかけている。スーツの寸法が合っていないのか、少し胴回りがだぶついている印象があった。

彼の肩を叩《たた》きながら、財津は言った。

「今回、文書解読班の捜査に参加してもらう、谷崎廉太郎《たにざきれんたろう》巡査だ」

「……え?」

理沙は何度かまばたきをした。事情がよく呑《の》み込めないという顔だ。

「谷崎は科学捜査係でIT関係の解析を担当している。パソコンには詳しいぞ」

「ええと、財津係長」理沙は首をかしげながら尋ねる。「なぜ科学捜査係の捜査員がここに加わるんでしょうか。しかも筆跡鑑定とかそういう部署ではなく、どうしてIT担当の人が……」

「今の時代、パソコンの技術がないと困るだろう？」

軽い調子で財津は言う。どう返答すべきか、理沙は戸惑っているようだ。

「それはそうですが、私たちは文書解読班です。あえてそこにIT担当を入れる意味がわかりません」

「すべての仕事を縦割りにできるわけではないって、鳴海もさっき言っていたじゃないか。まさにそれだよ。文書解読班にITエンジニアが入れば、今までとは違った切り口で捜査が進むかもしれない。今回はそれを実験してみたいんだ」

「実験なんですか？」

「あ、いや、それは言葉が悪かった。新しいメンバーを入れて、文書解読班がどうなるか見てみたいんだ。とりあえず今回だけの特別編成だと考えてくれ」

上司に批判的なことは言えないが、それにしても嫌な予感がする。矢代は言葉を選びながら尋ねてみた。

「部署の存在意義が薄れませんか？　我々は文書解読をするためにいるわけですよね。そこにIT担当を入れたら、何の部署だか、よくわからなくなるのでは……」

「だからこそ、おまえたちには頑張ってほしいんだよ。これまでの鳴海のやり方では、迅速な捜査に対応できないんじゃないかと俺は思う。なにしろ鳴海は、アナログで前時代的だからな」

「ひどい言われようですね」理沙は顔をしかめる。

「とにかく今回の捜査には谷崎を投入する。自己紹介を」

財津に促され、谷崎はぎこちなく頭を下げた。

「谷崎廉太郎、二十五歳です。よろしくお願いします。ＩＴ関係のスキルは……」

少年のように高い声で、彼は技術関係の話を始めた。何か難しい資格を持っているようだが、矢代にはそのありがたみがわからない。

「……得意分野はこんなところです。まあ、そういった資格も、前にいた会社ではあまり役に立たなかったんですけど」

「谷崎さんは中途採用組なんですか？」

理沙が尋ねると、谷崎はこくりとうなずいた。

「大学を卒業したあと、日永《にちえい》テクノスにしばらくいました」

「日永テクノス！」理沙は目を輝かせた。「ソフトウエア開発ではトップクラスの会社です。すごいじゃないですか」

「ふふん」褒められたと感じたのだろう、谷崎は口元を緩めた。「人材はピンキリですよ。まあ僕の場合、あの会社では力を発揮できないと思って退職したんですけど」

「私、二年前の事件で、日永テクノスへ何度も聞き込みに行きましたよ。当時、東京支社長だった武村修二郎《たけむらしゅうじろう》さんをご存じですか？」

谷崎は意外だという顔で理沙を見つめる。

「そうなんですか。……すみません。僕は静岡県出身で中部支社にいたので、その人は知らないんですが」

「君、静岡県出身なら静岡県警に入ろうとは思わなかったのか?」

矢代が訊《き》くと、谷崎は首を左右に振った。

「犯罪捜査をするなら、やはり警視庁だと思ったんです。大きな事件が起こるのは首都圏でしょう。僕、目の前の課題が難しければ難しいほど、やる気になるタイプなんですよ」

矢代は思った。経験が少ないせいか、谷崎は捜査を軽く考えているような節がある。だからだな、と矢代は思った。現場の厳しさを教えるため、財津は彼を連れてきたのではないだろうか。

矢代たちも順番に自己紹介をした。

「鳴海理沙、警部補です。財津係長から文書解読班を任されています」

「矢代朋彦、巡査部長だ。よろしくな」

「巡査の夏目静香です。私は二十八歳だから谷崎くんより三年上だね。わからないことがあったら何でも訊いていいから」

長年剣道をしてきた夏目は、上下関係には厳しい。先輩であることを強調したのは、舐《な》められないようにするためだろう。

「よろしくお願いします」谷崎はあらためて頭を下げた。

科学捜査係の所属だから理屈っぽいかと思ったが、見たところそんな雰囲気はない。学生のように見えるのは、まだ若いから仕方がないのだろう。これから矢代たちがいろいろと指導していけばいい。

「それで、コンビなんだが……」財津は矢代たちを見回してから言った。「谷崎は夏目と組んでもらおうと思う」

「えっ」夏目が両目を大きく見開いた。「私ですか？」

矢代も驚いていた。谷崎はあまり捜査に慣れていないだろうから、経験の長い自分がコンビの相手になると思っていたのだ。

「これは決定事項だ」珍しく財津は強い調子で言った。「夏目、先輩として谷崎をしっかり指導してやってくれ」

「あ……はい、わかりました。全力を尽くします」

夏目は財津に向かってうなずいた。彼女は上下関係をよくわきまえている。すぐに気を取り直して、谷崎と捜査方法の打ち合わせを始めた。夏目は百八十センチ近くあるから、谷崎との身長差は二十センチほどだ。凸凹コンビという言葉がふさわしい。

ふたりを横目で見ながら、矢代は小声で財津に問いかけた。

「谷崎は何か、いわく付きなんですか？」

隣で理沙も聞き耳を立てている。財津は少し考えてから、

「別にそういうわけじゃないんだが、一応、おまえたちには話しておこうか……」

やはり事情があるらしい。もしかしたら科学捜査係で揉《も》め事《ごと》を起こしたとか、不祥事に関わったとか、そんな過去があるのではないか。だから厄介払いのため、財津は谷崎

を連れてきたのではないだろうか。急に不安になってきた。

「いったい何があったんです？」

「心配するほどのことじゃないよ」銀縁眼鏡の奥で、財津の目が笑っていた。「おまえたちに頼んだ小冊子、あるだろう。あれの間違いを指摘したのは谷崎なんだ」

「え？　もしかしてシール貼りの元凶ですか？」と理沙。

「そういうことになる。あいつ、細かいことにこだわる性格なんだよ。……で、その小冊子の話を聞いたある管理官が、このミスをすぐに直せと言い出した。じつは文書解読班に対して、いい印象を持っていない人でな」

そう言いながら、財津は幹部席のほうをちらりと見た。

「あ……。こっちに来る」

財津は顔をしかめた。いつも余裕のある彼にしては珍しいことだ。

彼の視線の先には、四十代半ばと思われる女性がいた。紺のスーツを身に着け、化粧は控えめで、髪は肩までの長さに揃えてある。整った容姿はファッションモデルのようだが、目つきが鋭いせいで冷たい印象があった。

矢代たちのそばで足を止め、その女性は言った。

「財津係長。特捜入《とげ》りしたのなら、私のところへ挨拶《あいさつ》にいらしたらどうなんです？」

その言葉には棘があある。明らかに嫌みのニュアンスが含まれていた。

財津は身じろぎをして頭を掻《か》いた。

「すみません、今うかがおうと思っていたところでして」

「あら、そう。私に挨拶するより大事なことがあるとはね」不機嫌そうな顔で、彼女は理沙たちを見た。「それが、あなたの作った文書解読班？」

「ええ、そうです」

財津は理沙と矢代を彼女に紹介した。そのあと、矢代たちに向かって言った。

「こちらは岩下敦子《いわしたあつこ》管理官だ。古賀係長の上司だよ」

矢代も名前を聞いたことがあった。男性中心の警視庁で、捜査一課の管理官にまでなった女性だ。かつては現場の捜査員として何度も表彰を受け、今は管理職として大勢の部下を指揮しているという。

矢代たちは姿勢を正して挨拶をした。あの古賀係長の上に立つだけあって、岩下管理官には独特の迫力がある。力で押すのではなく、理詰めで相手を追い込んでいくタイプではないだろうか。

理沙もそれを感じ取ったのだろう、緊張した表情を浮かべていた。

「文書解読班を呼んだのは私です」岩下はよく通る声で言った。「鳴海さん、私が着任してからあなたたちと仕事をするのは初めてね」

「は……はい、あの……よろしくお願い……いたします」

理沙の様子が変だった。落ち着きなく、しきりにまばたきをしている。

そうか、と矢代は思った。女性恐怖症といったら変かもしれないが、理沙は押しの強い女性やお喋《しゃべ》りな女性が苦手なのだ。なんでも中学生のころ、同級生からいじめを受けて相当苦労したらしい。それ以来、強気なタイプの女性が苦手なのだそうだ。

岩下管理官の冷たい視線を受ければ、男の矢代でも緊張してしまう。もともと弱点のある理沙なら、ひとたまりもないだろう。

理沙の様子を見て、岩下は表情を緩めた。驚いたことに、彼女はにやりと笑った。

「出し惜しみをしないでね、鳴海さん」

「……はい？」

「全力で捜査に当たれということよ。あなたたちのチームは、最近調子がいいと聞いているわ。その実力をしっかり見せてもらいます」

「それはもちろん……」

「私を失望させないでね」

そう言うと岩下は踵《きびす》を返し、幹部席へ戻っていった。

彼女の背中を見送ったあと、理沙は深い息をついて財津係長に話しかけた。

「迫力のある方ですね。まいりました」

「鳴海、おまえ大丈夫か？　緊張の仕方が尋常じゃなかったが」

「あ、いえ、気にしないでください」

理沙は笑ってごまかそうとする。そんな彼女を見ながら、財津は言った。

「今回、シール貼りをしろと強く主張したのはあの人なんだ」

「そうなんですか……」

「そして岩下さんは、文書解読班など不要だという人なんだよ」

え、と言って矢代と理沙は顔を見合わせた。組織の中にはさまざまな意見の人がいる。文書解読班の活躍を認めてくれる幹部もいれば、よく思っていない幹部もいるだろう。岩下は後者だったというわけだ。それで先ほどの、冷たい視線の意味が理解できた。

「そういう意見が多いとすると、下手をしたら、いずれこの部署がなくなってしまう可能性も……」

そこまで言って、矢代は考えた。文書解読班がなくなれば、自分は別の部署に異動できる。あこがれの捜査一課殺人班に行ける可能性も、出てくるのではないか。

「心配するのはよくわかる」財津は腕組みをした。「この部署がつぶれたら、おまえたちは後ろ指を指されるだろうからな。あの部署をつぶした連中だ、というふうに」

「いや、待ってください。それは困ります」

矢代は慌てて言った。自分の評価に大きな傷が付いてはまずい。

「だろう？　だからおまえたちには頑張ってもらいたいんだ。まあ、今回の捜査で成果を出せば、とりあえず文書解読班不要論を抑えられると思うんだが」

「わ……わかりました。全力を尽くします」

矢代と理沙は姿勢を正した。うん、いいね、と言って財津はうなずく。

「で、谷崎のことだが……。性格が細かいせいで、なかなか組織に馴染《なじ》めずにいる。このままじゃ仕事にならないから、あいつを指導してほしいんだ。夏目は適役だと思うよ。剣道をやっているし、背も高い」

「背の高さはあまり関係ないと思いますけど」

「とにかく、パソコン関係は谷崎に任せておけば安心だ。まあ少しこだわりすぎて、無駄な作業をするかもしれないけど」

「駄目じゃないですか……」

「だから、そこをうまく教育してやってくれ」

よろしくな、と言って財津は講堂から出ていってしまった。あとには矢代たち四人が残された。

――この組み合わせは不安すぎる……。

矢代はそう思いながら、夏目・谷崎コンビを見つめていた。


全体を指揮する古賀係長にも相談し、夏目・谷崎組には藤原達治のノートパソコンを調べさせることになった。

すでに四係が長野県に住む姉に連絡し、パソコンを調べる許可は得ている。

本来この調査はデータ分析班の仕事だと思われた。だが科学捜査係のIT担当となれば、特捜本部の誰よりもパソコンに詳しいはずだと、古賀は判断したようだ。

「しかし、文書解読班がパソコンを調べるとはな」白髪交じりの頭を傾けながら、古賀は言った。「財津さんからIT担当をチームに入れると聞いたときは、俺も驚いた。まあこちらとしては、パソコンに詳しい奴がいるのは助かる。だが鳴海、君はそれでいいのか？」

え、と言って理沙はまばたきをした。

「古賀係長、文書解読班のことを心配してくださるんですか？」

「誰も心配などしていない」古賀はかすかに眉《まゆ》をひそめた。「部署の特色が損なわれないか、ということだ」

「それ、さっき俺が言いました」矢代は右手を挙げた。「でも、それでいいんだと財津係長に諭されまして……」

「財津さんもどういうつもりだろうな。そもそも周りの反対があったのに、文書解読班が必要だと言い出したのはあの人だ。それなのに今度はIT担当だと？」

「何か考えがあってのことだと思います」と理沙。

「とにかく結果を出せよ、文書解読班。そうでなければ、君たちがここにいる意味はない。もし成果が出ないようなら、その旨、上に報告させてもらうからな」

無表情のまま、古賀は強いプレッシャーをかけてくる。理沙は緊張した顔で、わかりました、とうなずいた。

矢代は、先ほどの財津の言葉を思い出した。警視庁の上層部には、文書解読班不要論があるようだ。そういう意見を持つ人たちに悪い報告が伝わったら、矢代たちは不利な状況に立たされるだろう。気をつけなくては、と思った。

古賀が立ち去ったあと、矢代と理沙は夏目たちの机に近づいていった。ふたりは椅子に腰掛け、ノートパソコンに向かっている。操作しているのは谷崎で、夏目はメモ帳を開いて何か書き込んでいた。

「どうですか、夏目さん」

理沙がうしろから声をかけると、夏目は顔を上げて答えた。

「谷崎くんがいろいろ調べてくれています。ハードディスクやフォルダーの構成はわかったので、このあとは……ええと、何だっけ？」

「ネット接続用のブラウザやメールソフトを調べます」と谷崎。

「じゃあ、じきに何かわかりそうですね」

理沙が言うと、谷崎はオーバーな仕草で首を振った。

「確約はできません。鳴海主任、ここは慎重にいきましょう。犯人がトラップを仕掛けているかもしれませんから」

それを聞いて、矢代は苦笑いを浮かべてしまった。

「被害者宅のノートパソコンにトラップなんて、あるわけないだろう」

「わかりませんよ、先輩」谷崎はパソコンの画面を指差した。「藤原さんが使っていたこのパソコン、セキュリティーがめちゃくちゃ甘いんです。悪意を持つ第三者によって、踏み台にされていた可能性もあります」

「谷崎くんはたぶん心配性なんですよ」

夏目が言うと、谷崎は不満げな顔になった。

「ＩＴ業界にいると、他人が信用できなくなるんです。自分は完璧《かんぺき》に仕事をこなしているのに、ほかのメンバーがおかしな不具合を出すせいで、プロジェクト全体が遅れてしまう。そういうケースがたくさんありました。その結果、僕まで残業や休日出勤をさせられて……」

「あ、知っています。デスマーチですよね」

理沙が尋ねると、谷崎は「ふふん」と笑った。

「まさにそれです。あれは本当に困りますよ」

要するに、他人がバグを出すせいで自分に迷惑がかかる、ということらしい。そこまで言うのだから、谷崎はＩＴ関係の仕事にかなり自信を持っているのだろう。

「慎重なのはいいことです。ところで……」理沙は声を低めて尋ねた。「あなた、あだ名は『大谷崎《おおたにざき》』というんじゃありませんか？」

「は？」谷崎は眉をひそめた。「背は高くないですよ？」

「あなた、谷崎潤一郎《じゅんいちろう》の遠い親戚《しんせき》ということはないですか。谷崎潤一郎はその人気と実力から、当時、大谷崎と呼ばれていたんです」

「すみません、谷崎潤一郎なんて読んだこともないし、もちろん親戚でもありません」

「そうですか……。夏目さんといい谷崎さんといい、立派な名前なのにもったいないですね」

　よくわからない、という顔で谷崎は理沙を見ている。

「おい倉庫番。いや、文書解読班か」

　軽い調子で声をかけながら、川奈部が近づいてきた。何でしょう、と理沙は応じる。

「鳴海さんと矢代は今動けるかい？　藤原達治が前に勤めていたところが判明したんだ。相田《あいだ》デザインという会社で、パッケージやポスターのデザインをしていたらしい」

「デザイナーですか？　それは意外ですね」

「仕事でデザインをする上で、藤原は文字にこだわっていたそうだ」川奈部は続けた。「文字といったら文書解読班の得意分野だ、と古賀さんが言っている。どうだい、鳴海さんと矢代で聞き込みに行ってみるか？」

「ぜひ行かせてください！」矢代は声を弾ませて答えた。「外で情報を集めるのも大事なことですからね。この件、川奈部さんが古賀係長に進言してくれたんでしょう？　感謝します。さすが、みんなの兄貴分」

「いや、正直に言うと、手が足りないんだよ。さあ、早く行ってこい」

「了解です」矢代は理沙のほうを向いた。「ということで鳴海主任、すぐに出かけましょう。かまいませんよね？」

「ええ。デザイナーと聞いて、私も興味が湧きました。……でもあの事件現場を見てしまうと、ちょっと違和感がありますね。デザイナーといったら、もっと洗練された部屋に住んでいそうなものですけど」

「デザイナーが、必ずしもかっこいい部屋に住んでいるわけじゃないでしょう。それに、もう七十五歳だったんだし」

「まあ、それはそうですね」理沙はうなずいた。

夏目たちに出かける旨を伝え、矢代と理沙は特捜本部をあとにした。

5

相田デザインは新宿区四谷坂町《しんじゅくよつやさかまち》に事務所を構えていた。

建物はスマートな二階建てで、窓に嵌《は》め込まれた大きなガラスが美しい。シンプルな構造だが前庭に植栽などもあって、落ち着いて仕事ができそうな環境だ。

「さすがデザイン会社です。看板ひとつとってもセンスがいいですよ。ほら、見てください、この味わい深い文字！　周囲に馴染《なじ》みながらも、しっかり存在を主張しているでしょう。これは、たまりませんね」

「鳴海主任、不審者みたいに見えますから、少し落ち着いてください」

矢代がそう言うと、理沙ははっとした表情になった。

「失礼しました。でも、文字がささやきかけてくるんですよ。自分を見てほしいって」

「俺が写真を撮っておきますから、あとでじっくり見てください」

「あ……。そうですか。じゃあ、よろしくお願いします」

鞄《かばん》からデジタルカメラを取り出し、矢代はその看板を撮影した。もう一年ほどのつきあいになるから、理沙の気まぐれにはすっかり慣れている。

事前に連絡しておいたのは正解だった。矢代が事務所のドアを開けると、すぐに女性社員がこちらへやってきた。

「お待ちしていました。どうぞ奥へ」

彼女は応接室に案内してくれた。それほど広い部屋ではないが、ソファやテーブルが無駄なく配置されていて居心地のいい空間だ。理沙は書棚に並んだ写真集の背表紙をじっと見ている。矢代にはよくわからないが、文字好きにとっては、ああいう本のタイトルも興味の対象なのだろう。

三分ほどして、五十歳前後の男性がやってきた。黒いシャツにチェック柄のジャケットを着て、口ひげを生やしている。知的な雰囲気のある男性だった。

「相田定晴《さだはる》です」

差し出された名刺には社長とある。この事務所の規模からすると、従業員は十名ぐらいだろうか。

「警視庁の矢代です。お忙しいところ、申し訳ありません」

お掛けください、と勧められて矢代たちは腰を下ろした。見た目だけでなく、座り心地もいいソファだった。

先ほどの女性が香りのいい紅茶を出してくれた。すみません、と理沙が頭を下げる。

「早速ですが……」矢代は質問を始めた。「こちらの会社に以前、藤原達治さんが勤めていましたよね」

「ええ、定年の六十五歳まで勤めてもらいましたから、十年前までですね。元は別のデザイン会社で私の先輩だった人です。二十年前に私が独立したとき、うちの会社に来ないかと誘いました」

「藤原さんはどういった仕事を担当していたんでしょうか」

「ポスターやパンフレットが多かったですね。文字が好きな人だったので、そういう仕事が向いていると思って」

「もしかして表の看板も？」

理沙が口を挟むと、相田は「そうです」と答えた。

「あの看板は視認性もいいし、よく練られたデザインだと思います」理沙は言った。「寒色と暖色を組み合わせるのは勇気がいりますよね。あの配色は絶妙のバランスです。それに加えて味わいのある文字フォント。家に持って帰りたいぐらいですよ」

「それはどうも」相田は苦笑いを浮かべた。「藤原さんは独自のフォントを作ったりして、いつもデザインを楽しんでいました。ただ、職人気質《かたぎ》といいますか、時間がないときでも凝ったデザインをするものだから、納期ぎりぎりということが多くて困りました」

「商売を度外視するといった感じでしょうか」

矢代の質問に、相田は深くうなずいた。口ひげを撫《な》でながら、

「デザインの仕事はほとんどが人件費ですから、経営者としては早く仕上げてほしいわけです。しかしその一方で私もデザイナーですから、じっくり取り組みたいという気持ちも理解できます。なかなか難しいところです」

矢代などにはよくわからない話だが、デザイナーには芸術家に通じるところもあるのだろう。相田は「職人気質」という言葉を使ったが、藤原にはデザインに対するこだわりがあったのかもしれない。

「それで、刑事さん……」相田は少し声のトーンを落とした。「藤原さんに何かあったんでしょうか」

「じつは今日、藤原さんが遺体で発見されました。殺害されたものと思われます」

え、と言ったまま相田は黙り込んでしまった。舌の先で唇を舐《な》めてから、彼はおずおずと尋ねてきた。

「どういうことですか。その……何かの事件に巻き込まれたんでしょうか」

「まだ詳しいことはわかりません。取り急ぎお尋ねしたいんですが、最近の藤原さんのことをご存じありませんか」

「退職したのがもう十年前ですからね。最後に会ったのは、ええと……四年前だったと思います。たまたま古い会社の仲間で飲み会をやりまして、そのとき誰かが藤原さんを

誘ったんです。新橋《しんばし》で三時間ぐらい飲みました」

「そのときはどんな様子でしたか」

「特に変わったことは……」そこまで言って、相田は何か思い出したようだ。「そういえば、その前年——今から五年前ですね、藤原さんの奥さんが火事で亡くなったそうです。奥さんはその一年前に脳梗塞《のうこうそく》で倒れて、体が不自由だったらしいんですよ。言葉も出にくくなっていたとか。リハビリをしたんですがあまり回復しなくて、寝ていることが多かったと聞きました。そんな中、運悪く藤原さんが外出しているとき火事が起こったんです」

矢代の親戚《しんせき》にも脳梗塞になった人がいる。半身に麻痺《まひ》が残ったためリハビリをしたのだが、高齢だったので長くは続けられなかった。その結果、ほとんど寝たきりの状態になってしまったと聞いている。言葉が不自由になり、字を書くこともできなくなったらしい。

相田は藤原夫妻の人柄について話し始めた。妻はとても穏やかな人だったそうだ。

「私も一度会ったことがありますが、奥さんは明るい人でしたよ。裁縫やキルトの趣味があったし、市民サークルで歌やお芝居をやっていて、友達も多かったようです。でも倒れてからは、どこにも出かけられなくなってしまって……」

一方の藤原は几帳面《きちょうめん》な性格で、気むずかしいところがあったらしい。

「仕事で妥協しない人でしたが、私生活でもけっこう融通が利かないところがあったようです。怒ると、かなり口調が厳しくなるんですよ。そんな言い方しなくてもいいだろうとこちらは思うんですが、我慢できないんでしょうね。実力のあるデザイナーでしたが、そういうところは困ったものだなあと思っていました」

「社内で、だいぶ揉《も》めたりしたんでしょうか」

「ええ。若いデザイナーと仕事のやり方について口論になったことがありました。私は経営者という立場なので双方を諫《いさ》めたんですが……。あの調子だと、私生活でも揉め事があったんじゃないかという気がします」

矢代はアパート二〇三号室の住人・村井を思い出した。彼女によれば、近隣で揉めていることはなかったようだ。歳をとって、さすがに藤原も丸くなったのだろうか。

「そういうトラブルの関係で、藤原さんが誰かに脅されていた可能性はありませんか」

「すみません、そこまではわかりません……」

少し考えたあと、矢代は資料ファイルから一枚の紙を取り出した。そこには藤原宅の写真がプリントしてある。

「ローテーブルの上に大きなオードブル皿が置いてあったんですが、これはデザインの仕事で使うようなものでしょうか」

相田は体を前に傾けて、その紙を見つめた。しかし思い当たる節はないようだ。

「何でしょうね。サイズはA3ぐらいですか。デザインでこんな皿を使うなんて、聞いたことがありません。テーブルの表面が凸凹だったとか、傷がついていたとか、そういう理由で置いていたのでは……」

「いえ、天板はきれいな状態だったんですよ」

「だとすると何だろう。水をこぼしてもいいように敷いていたんでしょうか」

彼はしきりに首をかしげている。

一通り話を聞くと、矢代は理沙のほうを向いた。何かありますか、という顔で彼女の目を見る。

軽くうなずいて、理沙はひとつ質問をした。

「藤原さんは几帳面だったということですが、手帳に細かいメモを書き込んでいた可能性はありますか？」

「そうですね。スケジュールだけでなく、デザインや何かのアイデアを手帳に書いていました。最初はメモ用紙にざっくり書くんですが、それを手帳に写して、アイデアを膨らませていたようですね」

そうですか、とつぶやいて理沙は口を閉ざした。

藤原の部屋から仕事関係の手帳は見つかっていない。もしかしたら、犯人が持ち去ったのかもしれない。

もう質問は出ないようだと見て、矢代はソファから腰を上げた。

「あとで何か思い出したことがあれば、ここへ連絡をいただけますか」

そう言って電話番号のメモを手渡す。神妙な顔をして、相田はそれを受け取った。

捜査協力への礼を述べて、矢代たちはデザイン会社を出た。

6

午後三時半、矢代と理沙は練馬署の特捜本部に戻ってきた。

後輩ふたりは、矢代たちが捜査に出かけたときとほぼ同じ姿で机に向かっている。その後、作業用のノートパソコンがもう一台増えたようで、夏目もマウスをいじっていた。

理沙がうしろから彼らに声をかける。

「夏目さん、谷崎さん、調査の状況は……」

そこまで言って理沙は黙ってしまった。どうしたのだろう、と思いながら矢代も後輩たちに近づいていく。ふたりの顔を覗《のぞ》き込んで、矢代は不穏な空気を感じ取った。

谷崎は数時間前と変わらず、真顔でパソコンを操作している。長時間ずっと作業を続ける姿勢は立派だと言えた。ところがその横に座っている夏目の様子がおかしかった。

彼女はこちらを振り返ると、谷崎に見えないように顔をしかめた。

「……どうかしたんですか？」

ふたりの顔を交互に見ながら、理沙が尋ねた。谷崎は画面を見つめたままキーボードを叩《たた》き続けている。

「作業は順調ですよ」谷崎は言った。「でも、どこに仕掛けがあるかわかりませんから、念入りに調べているところです。完璧《かんぺき》な仕事をこなすのが一流の捜査員でしょう。僕に任せておいてください。ふふん」

夏目は静かに立ち上がると、矢代に目配せしてパソコンから離れた。矢代と理沙は黙ったまま彼女のあとについていく。

窓際までやってくると、夏目は振り返って谷崎のほうをちらりと見た。ここなら声が聞こえることもない。彼女は小声で話しだした。

「彼、優秀だと思うんですけど、凝り性ですね。念入りに、念入りにと言って時間ばかりかかっているみたいです。私としては、作業効率を優先したいんですが……」

「財津係長が言ってたな。細かいところにこだわる性格だって」

「私も聞いています」理沙はうなずいた。「パソコンに詳しい人って、そういうイメージがありますよね。『ギーク』とか『ナード』とか。どちらも日本でいうと『おたく』かもしれませんが」

「私に言わせれば『うざい』の一言です」と夏目。

「それはまた、嫌われたものですね」理沙は苦笑いを浮かべた。「でもまあ、コンビを組んだばかりですから、まだお互いのことがよくわかっていないのでは」

「いいえ、組んだばかりでも何でも、若いもんには厳しく言わないと」

「若いもんって……夏目と三歳しか違わないんだろう？」

矢代が突っ込みを入れると、彼女は咳払《せきばら》いをした。

「とにかく、谷崎くんは自信過剰だと思いますよ。態度もよくありません。ふふん、ふふん、と鼻で笑うようなところがあるし。まったくもう」

よほど苛立《いらだ》ちがつのっていたのだろう、夏目は口を尖《とが》らせている。

「彼はいろいろ資格を持っているみたいですね」理沙は取り成すように言った。「前の会社ではその資格が活《い》かせなくて、不満があったんでしょう。今ここで張り切っているのは、いいことじゃないですか」

「でも主任、谷崎くんは作業しながら、私に技術的なことをいろいろ話すんですよ。こっちがぽかんとしていると、憐《あわ》れむような目で私を見るんです。いや、たしかに私には全然わかりませんけどね、でも、それが先輩への態度なのかと私は言いたい！」

「まあまあ、夏目さん、落ち着いて」

「今まで科学捜査係にいたそうですが、先輩に何を教わってきたんでしょうか。あれは警察官には向かないタイプですよ。そもそもですね……」

矢代と理沙は、彼女の愚痴に五分ほどつきあわされた。やがて夏目は少し落ち着いたらしく、深呼吸をしてから言った。

「……すみません、取り乱しました」

肩をすぼめて彼女は頭を下げる。ようやく、いつもの夏目に戻ったようだ。

「夏目は人一倍、上下関係に厳しいからなあ。自分を基準にしたら、誰も彼も気に入らないってことにならないか？」

矢代が尋ねると、夏目はすぐさま否定した。

「これでもかなり抑えているつもりなんですけど」

「とにかくこの件は、私と矢代さんが預かります。必要があれば谷崎さんに注意しますから」

理沙の口からそんな言葉が出たので、矢代は驚いていた。

――鳴海主任が上司らしいことを言ってる……。

環境は人を変えるということだろうか。お喋《しゃべ》りな女性が苦手で、警察官なのに押しが弱く、捜査に行くより文書を読むほうが好きだなどと言っていた彼女が、部署内のトラブルを解決しようとしているのだ。一年前には考えられなかったことが、今目の前で起こっている。

夏目は何か考える様子だったが、やがて口を開いた。

「鳴海主任、この件は自分でなんとかします。解決できないときは、またご相談させていただければと……」

「そうですか？　本当に大丈夫？」

「後輩の指導をするのも、私の仕事だと思いますので。びしっと言ってやります」

「あの、あまり厳しくしすぎないようにお願いしますね。最近はパワハラにもうるさい風潮がありますから」

「そこはお任せください」

何かを決意した表情で胸を張り、夏目はパソコンのほうに戻っていく。彼女を見送ったあと、理沙は矢代に向かって言った。

「あのふたり、大丈夫でしょうか」

「いいことじゃないですか。夏目も先輩としての立場を理解したんでしょう。そして鳴海主任は、リーダーとしての立場に目覚めたと……」

「感心していないで、矢代さんも協力してください。谷崎さんを預かった以上、チームの一員として立派に育てなくては」

「まあ、まずは夏目と谷崎のコンビを見守りましょう」

ふたりの様子は気になるが、こちらも仕事を進めなければならない。矢代と理沙は自分たちの机に戻って、資料ファイルを広げた。

午後七時を過ぎると、捜査員たちが少しずつ特捜本部に戻ってきた。

打ち合わせをする者、報告資料をまとめる者、関係先へ電話する者などさまざまだ。だがどの顔も冴《さ》えなかった。初日は捜査のスタートが遅かったため、あまり成果が出ていないのだろう。

矢代は目薬をさしたあと、隣の席にいる理沙に声をかけた。

「夏目たちから仕事の進捗《しんちょく》を聞いてきましょうか」

「そうですね。私も行きます」

矢代たちは椅子から立ち上がり、谷崎たちのほうへ向かった。ふたりとも脇目も振らずにデータ解析を続けている。内勤が苦手だという夏目も、慣れない作業に集中していた。

「谷崎、お疲れさん。作業のほうはどうだ？」

明るい調子で矢代は話しかけた。谷崎は黙って席を立つと、矢代たちを窓際に引っ張っていった。

「あの……矢代さん、すみません。僕、うざかったですか？」

え、と言って矢代は相手をじっと見つめた。隣で理沙も驚いている。

谷崎は真面目な顔をして、こう続けた。

「夏目さんから指導を受けたんです。仕事に臨むときの態度とか、社会人としての言動とか、あとはその……上下関係のこととか」

「かなり厳しく言われたのか？」

「ええと……」谷崎は、数メートルうしろにいる夏目をちらりと見た。「そ……そうですね。あの人、体育会系なんでしょうか」

「体育会系ではないけど、そういう性格だな」

「矢代さんたちが戻ってから、急に夏目さんの態度が変わって、今は鬼教官みたいになってるんですけど」

自分でなんとかすると宣言したあと、夏目は早速、厳しい態度をとるようになったらしい。今までそういう目に遭ったことがないから、谷崎は戸惑っているのだろう。

「真面目に仕事をしていれば、夏目さんも怒ったりしないでしょうから」

理沙が穏やかな調子で言うと、谷崎は怯《おび》えたような目でこちらを見た。

「隣で見張られているみたいで、すごく緊張するんです」

「いや、仕事というのは本来、緊張感を持ってやるべきだと思うぞ」

矢代に諭され、谷崎は肩を落とした。まあ、彼にはいい薬になったのではないか、という気がする。

矢代と理沙は、夏目の机に近づいていった。

「夏目さん、どうです？　何か情報はつかめましたか」

何気ない調子で理沙が尋ねると、夏目は姿勢を正して答えた。

「報告します。谷崎くんと一緒にパソコンのメールを調べているうち、気になるものを発見しました」

これは意外な話だ。理沙は夏目に聞き返した。

「気になるもの？」

「最初、藤原さんが誰かに脅されているようなメールがあるんじゃないか、と思っていました。でも、そういったものは見つかりませんでした。次に私たちが探したのは、違法なブツの取引とか詐欺とか、犯罪に関わるようなメールです。でも、それも空振りでした。次のステップとして私たちは、藤原さんが何かの会員になっていないかと考えました。会員登録したサイトやサービスの情報がわかれば、藤原さんの趣味や生活パターンが追いかけられますからね。そこで注目したのが、ウェブサイトから送られてくる登録確認のメールです。これはいい着眼点だと思いませんか？」

「なるほど。……で？」

「そういうメールを調べているうち、妙なものを見つけたんです」

夏目は画面の一部を指差した。そこには一通のメールが表示されている。

タイトルを見たあと、矢代は首をかしげた。

「就職活動用の情報収集サイトから来た、登録確認メールだな」本文を読んで、矢代ははっとした。「おかしいぞ。なんで藤原さんの年齢が二十一歳になってるんだ？」

「そうなんです。藤原さんはこのサイトに大学三年生として登録していたんですよ」

「生年月日の入力を間違えたんじゃないのか？」

「その可能性は低いと思います。確認メールに年齢が記載されていて、本人がそれをチェックしたあと登録していますから」

「いったいどういうことだ……」

矢代がそうつぶやいたとき、横にいた理沙が大きな声を出した。

「わかった！　就活サイトに登録していたせいで、紳士服店からダイレクトメールが送られてきたんですね。就活生にとってリクルートスーツは必需品ですから」

あ、と言って矢代は理沙を見つめた。そういう事情だったのだ。

夏目はふたりの様子を確認したあと、説明を続けた。

「パスワードはテキストデータで記録されていたので、すぐわかりました。藤原さんのアカウントにログインして調べたところ、実際、彼はこの就活サイトにいろいろ書き込みをしています。ほかの就活生と情報交換をした形跡がありました。彼はある会社について、本社や工場、営業所の場所、仕事の実態や福利厚生などを調べていました。それから匿名掲示板で、その企業の暴露話なども読んでいたようです」

「どこの会社だ？」

「家電メーカーの北鋭《ほくえい》電機です」

「あそこか。超一流企業じゃないか」

北鋭電機は総合家電メーカーで、冷蔵庫や電子レンジからテレビ、各種レコーダーなど数多くの製品を作っている。矢代の家にも「ホクエイ」ブランドの家電がいくつかあるはずだ。

「しかし奇妙な話だな」

矢代がつぶやくと、我が意を得たりという顔で夏目はうなずいた。

「そうなんです、奇妙なんですよ。なぜ七十五歳の藤原さんが、就活生のふりまでして企業の情報を集めていたのか。知り合いの就活生から頼まれた、という線はまずないでしょう。就活生なら自分で情報を集めるはずですから」

「この事件を調べる上で、北鋭電機が手がかりになる可能性がありますね。夏目さん、これはお手柄かもしれませんよ」

理沙が言うと、夏目は首を横に振った。

「いえ、細かい作業をしてくれたのは谷崎くんですから。そうだよね？」

「え……あ、はい。その……僕は夏目さんに言われたとおりに調べただけで……」

緊張しているのがよくわかる。谷崎は夏目のことを、かなり警戒しているようだ。

「今の件、このあとの捜査会議で報告しましょう。私たち文書解読班が成果を挙げたと、みんなに認めてもらえるはずです」

「文書解読からは遠ざかっているような気がしますけどね」と矢代。

理沙は口元に笑みを浮かべた。

「そんなことはないですよ。夏目さんたちはパソコンの中のメールを調べたんです。パスワードが記録されたテキストデータも確認してくれました。これが今の時代に合った文書捜査なのかもしれません」

なるほど、そういう考え方もあるのか、と矢代は思った。理沙が自信満々に言うから、説得されてしまったという恰好《かっこう》だ。

「私は北鋭電機のことを調べてみようと思います」そう言ったあと、夏目は谷崎のほうを向いた。「谷崎くん、君からも報告を……」

「あ、はい」

谷崎はメモ帳を手にして、話し始めた。

「画像ファイルを調べているうち、こんなものを見つけました」彼はパソコンの画面をこちらに向けた。「どうも内容が変なんです」

そこに表示されているのは、デジタルカメラで便箋《びんせん》を撮影したものだ。小さく畳んであった紙を広げて写真を撮ったらしく、折った跡がいくつも残っている。

一見して、奇妙だというのがよくわかった。その紙には、新聞から切り抜いたと思われる文字がいくつも貼り付けてあったのだ。

ゆにぞんころすげきやくしたい

矢代も理沙も、眉《まゆ》をひそめて画像を見つめた。新聞の見出し部分から切り抜いたものだろう、サイズも書体も揃っていない文字だ。それらを並べた文書には、どこか気味の悪さが感じられる。

「これ……もしかして脅迫状ですか？」理沙は画面を指差した。「このまま読み解くなら《ユニゾン　殺す　劇薬　死体》でしょうか」

「そうだと思います」谷崎はメモ帳のページをめくった。「調べてみたら、ユニゾンというのは同じような音を、声や楽器で重ねることですね。それを殺すとはどういう意味なのか……」

「不謹慎かもしれませんが、これは興味深いですね」

理沙は身を乗り出してきた。文字フェチの彼女にとって、この画像はかなり気になるものだろう。

「非常にレトロな文書です。脅迫状なんてパソコンでいくらでも作れるのに、わざわざ切り貼りしたところが面白いですよね。なんでこんな面倒なことをしたんでしょう。不気味さを演出するため？　いや、それだけならここまで手間をかける必要はありません。何か新聞にこだわりがあったのかもしれない。……矢代さん、藤原さんは新聞をとっていましたっけ？」

矢代は手早く資料ファイルを開いた。

「いえ、あの部屋を調べた結果、新聞紙は出てきていません」

「となると、藤原さんがこれを作ったわけではないですね。誰かから届いた脅迫状を、カメラで撮影したのかな。矢代さん、古賀係長を呼んできてもらえますか？」

了解です、と答えて矢代は古賀たちを呼びにいった。新発見があったと伝えると、古賀は川奈部と一緒に来てくれた。

「古賀係長、文書解読班から急ぎの報告です」

理沙は藤原が就活サイトにアクセスしていた件、パソコンから脅迫状らしきものが見つかった件を手短に話した。これには古賀たちも驚いたようだ。

四係の部下を呼び、古賀はいくつか質問をした。そのあと彼は、詳しい情報を理沙たちに教えてくれた。

「藤原の部屋からデジタルカメラが見つかっている。脅迫状的なものは、たぶんそのカメラで撮影したんだろう」

ここで谷崎がパソコンのマウスを操作した。画面を見ながら彼は言う。

「ファイルの作成日時、つまり写真を撮影した日時は九月八日の二十時三十五分。今から六日前です」

「それ以前に、藤原さんは脅迫状を受け取ったということですね」と理沙。

「部屋を調べたとき、そんな脅迫状や封筒は見つからなかったが……」川奈部は首をかしげた。「藤原は捨ててしまったのかな」

古賀は腕組みをしながら、低い声で唸《うな》った。

「それにしても、よくわからない文面だな。『ゆにぞんころすげきやくしたい』……どういうことだ？　矢代、解釈できないか」

「ええと、ユニゾンというのは人の名前じゃないですかね。あだ名とかコードネームとか」

矢代が思いつきを口にすると、古賀は怪訝《けげん》そうな顔をした。

「藤原がそんな名前で呼ばれていたと？」

「あ、いや、逆でしょうか。犯人自身がその名前なのかもしれません。『俺はユニゾンだ。おまえを殺す』というふうに」

「もうひとつわからないのは劇薬という言葉だ。今回の事件で毒物、劇物は使われていない。文の最後の死体というのは、もちろんわかるが……」

資料のページをめくっていた川奈部が口を開いた。

「係長、食器棚を調べた結果がここにあります。藤原は普段から、市販の漢方薬をのんでいたようです。まあしかし、劇薬という言葉は似合いませんね」

古賀と川奈部は、捜査方針に関する相談を始めた。理沙もそれに加わり、文書解読班の活動について意見を述べている。

矢代はひとり考え込んだ。藤原は誰かから脅されていたのだろうか。しかし、そうだったとして、この不可解な切り貼り文の意味は理解できたのか。

――もしかしてこれは、脅迫者と藤原の間だけに通じる暗号だったのか？

ほかにもわからないことがある。藤原達治が就活生を装っていたことは、この文章と関係あるのだろうか。

さらに、床に落ちていた計画メモの件もある。この先あらたな殺人事件が起こるのではないか、と理沙は言った。それは彼女の思いつきで、単なる取り越し苦労に過ぎないのか。それとも――。

漠然とした不安と焦りを感じながら、矢代は捜査資料を見つめていた。

第二章　脅迫者

1

　長かった夏が終わり、朝晩はだいぶ涼しくなってきた。窓から外を見ると、空の色や雲の形まで変わってきているように見える。秋の気配を感じることができた。

　九月十五日、午前七時四十分。矢代は練馬署の講堂に入っていった。すでに理沙は自分の席で調べ物をしていた。「おはようございます」と矢代が声をかけると、彼女は顔を上げ、自分のノートパソコンを指差した。

「矢代さん、切り貼り文のことが少しわかりましたよ。あの文字は東陽《とうよう》新聞から切り抜かれたものです」

「え……。どうしてわかったんですか？」

「新聞社ごとに、使っている文字フォントが異なるんですよ。だから脅迫状の文字をよく調べればわかるんです」

「そいつはすごい。この短時間で調べ上げるとは、さすが文字フェチですね」

矢代はそう言ったのだが、理沙は表情を曇らせた。

「でも、すぐ壁にぶつかりました。切り貼り文に使われていたのは全部ひらがなですから、新聞の見出しには数多く使われています。だから、いつの新聞なのか特定するのは無理だと思います」

たしかに、ひらがなは毎日大量に使われているから、どの日付の記事なのか調べるのは困難だ。また、仮にその日付がわかったとしても、そこから犯人につながるヒントが見つかるとは思えなかった。

「文章の作成者は何を考えていたんですかね」

矢代が首をかしげると、理沙は考え込みながら答えた。

「あの切り貼り文から手がかりを見つけるのは難しそうです。別の切り口から、文書解読班の捜査を続けるしかないでしょう」

八時三十分から、練馬警察署に設置された特別捜査本部で「練馬事件」の捜査会議が始まった。

起立、礼の号令のあと、古賀係長はみなの前に立って、いつものように指示棒を伸ばした。幹部席では岩下敦子管理官が、捜査員たちに鋭い視線を向けている。

ホワイトボードを指示棒の先で指しながら、古賀は捜査活動について説明した。

「ゆうべの会議でも話しましたが、文書解読班からふたつの報告がありました。まず、藤原達治のパソコンからあらたな画像データが見つかった件。新聞の文字を使った切り貼り文ですが、これは脅迫状なのか、そうではないのか。もし脅迫状だった場合、誰が誰に送ったものなのか。今後、調査と分析を重ねた上で判断すべきだと考えています。そしてもうひとつ。藤原達治が年齢を偽り、企業の情報を集めていたことが判明しました。鑑取り班はこのあと北鋭電機で聞き込みをしてください。藤原が何を探っていたのかわからないため、捜査情報の漏洩《ろうえい》には注意すること。そのほか、昨日に続いて藤原の友人、知人に当たってほしい」

ここで、矢代の隣に座っていた理沙が手を挙げた。

「北鋭電機ですが、私たち文書解読班も同行させてください」

古賀は理沙のほうを向いて、白髪交じりの頭を二十度ほど傾けた。

「なぜ文書解読班が？」

「就活サイトの件を突き止めたのは私たちです。ぜひ話を聞きたいと思います」

「鳴海、これは組織捜査だ。役割分担というものがある」

「ですが、紳士服店のダイレクトメールからつながっている話です。私たちが聞き込みに行ってもいいのではないかと」

理沙は食い下がった。そんな理沙の態度を見て、古賀は意外に感じたようだ。少し間をおいてから彼は言った。

「昨日は特別に相田デザインに行ってもらったが、基本的には、鑑取りは文書解読班の仕事ではない。君たち、俺が与えた仕事はもう終わったのか？」

「いえ、まだ藤原さんのノートやメモの解析が残っています」

「だったらそれを調べるべきだろう」

「こう考えてください、古賀係長」理沙は真剣な顔をして言った。「藤原さんの死と北鋭電機は深く関わっている可能性があります。だとしたら先に北鋭電機で話を聞いて、そこで得られた情報をもとに、ノートやメモを調べるべきではないでしょうか。そうしないと、ノートなどを見ていても、大事なキーワードを見落としてしまうかもしれません」

理沙の話を聞き、古賀は黙って考え込む。一定の理はあると感じたようだ。

「OK、いいだろう。川奈部と一緒に行ってこい。だが時間を無駄に使うなよ」

「わかりました」理沙は深くうなずいた。

会議が終わると、捜査員たちはコンビの相手とともに出かけていった。捜査の初期段階では、とにかく情報が必要だ。目撃談、人の噂、落ちていた品物。そういったものが、思わぬ形で役に立つ可能性がある。

「鳴海さん、うちの班でちょっと打ち合わせがあるんだ。出発は九時半でいいか？」

川奈部にそう訊《き》かれ、理沙は愛想よく答える。

「ええ、大丈夫です。よろしくお願いします」

九時半まで、まだ二十分ほどある。矢代と理沙はパソコンで北鋭電機の会社情報を調べ始めた。必要な部分をプリントして資料ファイルに挟み込む。

そこへ財津係長がやってきて、理沙に話しかけた。

「鳴海は、ノートやメモを調べるのは得意中の得意だろう。それなのに、なんで北鋭電機へ聞き込みに行きたがるんだ？」

「今はそちらが急務だと思ったんです。せっかく谷崎さんが突き止めたことですから、文書解読班の成果に結びつけたくて……」

ふうん、と財津は言った。眼鏡の奥の目が笑っている。

「チームとしての成績を考えたわけか。鳴海もリーダーらしくなってきたじゃないか」

「そのほかに、ほら、成果を挙げないと部署の存続が危ういという話がありましたよね。ここはしっかり存在感を示しておかないと」

昨日、財津からその件を聞いている。部署の存続のために努力しなければ、という思いが理沙にもあるようだ。

「わかった。だがノートやメモを調べるのはおまえたちに割り振られた任務だ。もし大事な書き込みを見落としたら、何のための文書解読班だということになる。聞き込みから戻ったあとは、与えられた仕事もきちんとこなしてくれ」

財津の言葉を聞いて、理沙は姿勢を正した。

夏目・谷崎組は昨日と同じく、藤原のノートパソコンを調べることになっている。谷崎に向かって、財津は言った。

「地味な作業だが、しっかりな。これがまた新しい発見につながることもある」

「了解しました」谷崎は小さくうなずいた。科学捜査係の係長として、財津はあちこちの特捜本部に呼ばれているそうだ。この事件は理沙に任せて、別の警察署に行くという。

財津が廊下に出ていくと、夏目はひとつ息をついてから、谷崎に話しかけた。

「谷崎くん、今日もよろしくね。何か問題があったら遠慮なく私に言ってくれる？」

「あ、はい、先輩。今日も頑張ります」

少し怯《おび》えたような表情で、谷崎はそう答えた。

電車を乗り継いで矢代たち四人は、恵比寿《えびす》にある北鋭電機の本社に到着した。

川奈部の相棒は所轄の若手刑事だ。おそらく谷崎と同じくらいの年齢だと思うが、素直で快活そうな男性だった。川奈部にとっては扱いやすい相手だろう。

十数階建ての自社ビルの中に、北鋭電機のさまざまな部署が入っているようだった。一階ロビーは広々としていて、あちこちにスーツ姿の人たちが見える。ロビーの奥からエレベーターの到着を伝える電子音が聞こえ、十数人の男女が出てきた。みな忙しそうだ。

ロビーの一角に立っているボードには、部署の名がずらりと並んでいた。

「へえ、こんなに事業部があるのか。やっぱり一流企業は違うねえ」

感心したように川奈部は言う。理沙はボードのそばで会社案内や製品紹介のパンフレットを見つけ、一部ずつ手に取っていた。

「こういう印刷物にも、意外と作り手の個性が出るんですよね」

彼女は印刷された文字や文章にも興味を持っているのだ。

パンフレットを開いて、理沙は組織図を指差した。

「すごいものです。北鋭電機といったら知らない人はいませんよね。総合家電メーカーとして冷蔵庫や炊飯器、電子レンジから掃除機、エアコン、テレビ、DVDレコーダーまで製造・販売しています。海外にも多くの工場がありますが、ブランド戦略として、国内で質の高い製品を作ろうという方針があるようですね」

「そういえば藤原さんの部屋にあったテレビ、エアコン、DVDレコーダー。あれ全部、北鋭電機製でしたね。夏目の捜査メモにそう書いてありました」

「本当ですか？　藤原さんは北鋭電機のことを調べるため、実際の製品も集めていたんでしょうか」

矢代たちは来客用のカウンターに向かった。受付には女性が三人いる。さすが一流企業だと、こんなところでも矢代は感心してしまった。

受付で警察手帳を見せ、川奈部は尋ねた。

「警視庁の者です。総務か広報の方を呼んでいただけますか。いろいろお訊きしたいことがあるもので」

少々お待ちください、と言って受付の女性は内線電話をかけた。三十秒ほど誰かと話したあと、彼女は受話器を置いた。

「担当の者がご案内しますので、このままお待ちいただけますでしょうか」

「ええ、待ちますよ」軽い調子で川奈部は言う。

五分ほどで、リボン付きの青い制服を着た女性がやってきた。彼女の案内で矢代たちは三階の応接室に移動した。

一度姿を消した彼女は、じきに戻ってきてコーヒーを出してくれた。カップに北鋭電機のロゴマークと《創立六十周年記念》という文字が入っている。

「ほう、これかっこいいなあ」川奈部はカップをしげしげと見つめた。「うちのかみさんが、こういうのを集めているんだよ。もらっていきたいぐらいだ」

「いや、それは無理ですよ、川奈部さん」

「わかってるって。冗談の通じない奴だな」

などと言って川奈部は笑っている。これから聞き込みだというのに、妙な余裕を持っているようだ。

「さてと、倉庫番。ここでの聞き込みは俺が主導するが、問題ないよな？」

川奈部が訊いてきたので、矢代は「お願いします」と答えた。川奈部の相棒の若手刑事もうなずいている。理沙も異存はないようだった。

さらに五分ほど待つとノックの音がして、ひとりの男性が現れた。五十代半ばと見える恰幅《かっぷく》のいい人で、顎《あご》に肉がたっぷりついている。

「どうもお待たせしました」

彼は名刺を差し出した。総務部長の磯貝庸平《いそがいようへい》というらしい。

「お忙しいところすみません」

川奈部が言うと、磯貝はゆっくりと首を横に振った。

「警察の仕事に協力するのは、企業としての義務だと思っていますので」

顔は笑っているが、実際は迷惑だと感じているに違いない。刑事が訪ねてくれば、彼らはそれまでの仕事を中断しなければならないからだ。

「ある事件を捜査しているうち、北鋭電機さんの名前が出てきましてね」

「いったい、どんな形で出てきたんでしょうか」

それには答えず、川奈部は具体的な質問に移った。

「藤原達治という男性をご存じありませんか？」

「いえ、知りません」磯貝は真顔になって川奈部を見た。「その方が何か……」

「何者かに殺害されました。その人物が北鋭電機さんを調べていたようなんです」

「うちの会社は製品数が多いですからね。調べている方はあちこちにいるでしょう。たまたまそういう方が事件に巻き込まれただけなのでは？」

「どうも、そういう感じではないんですよ。お手数ですが、藤原達治という人が御社と関係なかったか、調べていただけませんか」

「関係というと、どういった……」

「たとえば社員と知り合いだったとか、誰かとトラブルになっていたとか」

磯貝は低い声を出して唸《うな》った。

「社員すべてに訊いて回るわけにもいきません。もう少し条件を絞っていただかないと、お答えするのは難しいですね」

それはそうだろうな、と矢代も思った。普通の鑑取りでは、被疑者や被害者が特定された状態で聞き込みをすることが多い。だが今回、藤原が北鋭電機とどう関わっていたのか不明だから、どこから手をつけるべきかわからない状態だった。

「以前、藤原達治さんがここに勤めていなかったか調べてもらえませんか。それから、今の社員の中に藤原という人がいないか教えてほしいんです。親戚《しんせき》かもしれませんので」

「まあ、それぐらいでしたら」

磯貝は内線電話で部下に調査を命じた。

ほかの質問をしている間に調べが済んで、折り返し電話がかかってきた。磯貝は渋い表情を見せながら、矢代たちに説明した。

「残念ですが、藤原という社員はいませんね。十五年前にひとりいましたが、もう病気で亡くなっているそうです」

「では……」少し考えたあと川奈部は言った。「北鋭電機さんには子会社がたくさんあるでしょう。そちらも調べていただけませんか」

「それは無理です。子会社といっても別の組織ですから、私どもが情報を聞き出すことはできません。警察のほうで一社一社回っていただくしかないと思います」

川奈部は思案する様子だった。北鋭電機の関連会社といったら、かなりの数になるはずだ。すべて調べるとなると、ほかの捜査員に手伝ってもらうしかないだろう。

「少し詳しい話をしましょうか」川奈部は水を向けることにしたようだ。「藤原さんは北鋭電機さんの工場や営業所の場所、福利厚生、勤めている社員がネットに書いた感想、そういったものを調べていました。はっきり言いますとね、今回の殺人事件に北鋭電機さんが関係あるんじゃないか、と考える捜査員もいるんです」

それを聞くと、磯貝の表情が険しくなった。

「聞き捨てなりませんね。私どもは日本を代表する家電メーカーですから、コンプライアンスを重視しています。それなのに、殺人事件に関わっているなんて失礼な」

「いやいや、わかっています。そう言ったのは私じゃなくてね……」

「いずれにせよ、妙な噂を流されては困ります。捜査には協力しますが、社のイメージというものがありますから」

ほかにも質問を重ねたが、磯貝は「知りません」「わかりません」と答えるばかりだった。非協力的というわけではない。だが、有益な情報はひとつも出てこなかった。

川奈部は指先で自分の喉仏《のどぼとけ》を撫《な》でていた。どうしようかと迷っているとき、彼がこういう仕草をすることを、矢代は知っている。

そこへ、右手を挙げて理沙が発言を求めた。どうぞ、というように川奈部は手振りで示す。咳払《せきばら》いをしてから理沙は磯貝に尋ねた。

「こちらの会社では新聞をとっていますか？　東陽新聞は？」

「いくつかの部署でとっていると思いますが、それが何か……」

「ユニゾンという言葉を聞いて、何か思い出すことはありませんか」

予想外の質問を受けて、磯貝は一瞬戸惑ったようだ。

「……いえ、何も」

「劇薬という言葉はどうです？」

「はい？」磯貝は怪訝《けげん》そうな顔をした。「いったい何のことでしょうか」

「では、就活サイトをご覧になったことはありますか」

「人事部では就活サイトを見ていると思いますが、私はチェックしていません」

さすがにこれは、事件の捜査から遠い質問だと感じたのだろう。磯貝は少し不満げな口調で言った。

「刑事さん、劇薬だの就活サイトだの、事件と関係あるんでしょうか。もし関係あったとしても、私は総務の人間なのでわかりませんよ」

「そうですか。失礼しました」

理沙は頭を下げた。よくわからない人だ、と言いたげな顔で磯貝は理沙を見ている。

そのあと矢代が何件か質問したが、これといった情報は出てこない。それも仕方のないことだった。藤原がパソコンで北鋭電機を調べていたのは事実だが、それが今回の事件に関わっているという確証はないのだ。

仮に事件と関係していたとしても、藤原がこの企業の誰と知り合いだったのかわからなければ、やはり捜査を進めることは難しいだろう。藤原を殺害したのは企業ではなく、あくまで個人なのだから。

謝意を伝えて川奈部が立ち上がる。収穫がないまま、矢代たち四人は北鋭電機をあとにした。

2

川奈部たちは、このあと別の関係者に会って聞き込みを続けるという。

午前十一時半ごろ、矢代と理沙は特捜本部に戻った。何かわかるのではないかと期待して出かけたが、結果は空振りだった。

成果がなかったことを伝えると、古賀係長は表情を変えずにうなずいた。

「わかった。君たちは本来の役目である文書解読に戻れ。現場の聞き込みは、やはり四係で進めたほうがよさそうだ」

一礼して矢代たちは自分の席に戻っていく。

作業用の机で、夏目と谷崎はそれぞれノートパソコンに向かっていた。ふたりで協力しながら作業しているらしい。谷崎は今も緊張しているようだが、とりあえず仕事に支障はなさそうだ。

彼らとは少し離れた机で、矢代と理沙はノートやメモ、レシートなどを調べ始めた。

「今まであまり意識しませんでしたけど」矢代は小声で言った。「チームの人数が増えると、いろいろ気をつかいますね」

「まったくです。もともと私は、ひとりで作業をするほうが好きなんですが」

「そこはリーダーですから仕方ないかと……」

「矢代さん、他人事《ひとごと》みたいに言わないでください。あなたはサブリーダーですから」

「え？　いつからそうなったんでしたっけ」

「そこは察してくださいよ」

理沙は口を尖《とが》らせている。本来、チームリーダーなど自分には似合わないと感じているのだろうが、組織だからそれも仕方がない。

一時間ほど調査を続けたところで、理沙が一枚のレシートをつまみ上げた。

「矢代さん、このレシートの裏にちょっと気になるメモがあるんです」

「レシートの裏のメモって、前にもそんな事件がありましたね」

一年ほど前の、アルファベットカードが使われた事件のことだ。レシートの裏のメモが捜査の第一歩となったことを、矢代は思い出した。

理沙が差し出したレシートの裏には、ボールペンで《イソ９０００》と書かれ、二重丸が付けられていた。

「ノートの筆跡と同じなので、これは藤原さんが書いたものに間違いありません」

「イソ9000って何かの商品名かな」

「くっきりと二重丸を付けていますよね。大事なものの名前じゃないでしょうか」

理沙は手首を返して、レシートの表面を見せてくれた。

「日付は今年の一月十九日、時刻は十六時五分。レシートの幅はかなり細くて、計ったら四センチ五ミリでした。ちなみにスーパーやコンビニなんかで使われているものは六センチ弱です」

「相当古いレジでしょうね」矢代はレシートの表面を見つめた。「これ、インクで印字されていますね。今どき、このタイプのレシートはほとんど見かけませんよ」

「ネットで調べたら、普通使われているレシートは感熱紙タイプといって、熱を加えることで黒い字が書けるんですね。でもこの細いレシートは、普通の紙にインクで印刷されています。矢代さんの言うとおり、古いレジで発行されたものなんでしょう」

「どういうわけか、店名や電話番号は印字されていませんね。商品は何だろう」

矢代は商品明細の部分に注目した。一行目には《DP01》と《300》と印字されている。次の行には《DP80》と《100》。その下に《400》という数字がある。

いずれもドットが粗く、複雑な漢字は印刷できない機種ではないかと思われた。

「DP01という商品が三百円、DP80という商品が百円で、合計四百円ということでしょう。これらの商品が何なのか、どこのお店で買い物をしたのか、手がかりがほしいところですが……」

理沙は難しい顔をしてそう言った。レシートを見ながら、矢代は首をかしげる。

「二重丸の付いたメモか……。イソ9000が何なのか、気になりますね。これを発行した店に行けば、何かわかるかもしれません」

「ええ。私もそう思うんですよ」

理沙は宙に視線を漂わせた。頭をフル回転させているのだろう、眉間《みけん》に皺《しわ》を寄せている。

気を取り直して、矢代は彼女に報告した。

「俺のほうも、ひとつ気になるものを発見しましたよ」

矢代は開いていたノートを理沙のほうに差し出した。そこに藤原の字でメモが書かれている。

《滝口政志《たきぐちまさし》》という名前が記され、これも二重丸で囲まれていた。さらに《要連絡》と書き添えられている。

「《要連絡》の文字が荒いですね」理沙はそのメモに興味を持ったようだ。「急いで書いたのかもしれません。ところで滝口政志って、関係者の中にいましたっけ？」

「これが脅迫者だという可能性もありますね。確認してみましょう」

矢代は椅子から立ち、ノートを持って幹部席に向かった。理沙もあとからついてきた。

「古賀係長、ちょっとよろしいですか」

部下と立ち話をしていた古賀が、こちらを振り返る。

「どうした、文書解読班」

「これまでの捜査で、滝口政志という人は出てきているでしょうか」

ノートにその名が記されていたことを聞くと、古賀はすぐに予備班の若手刑事を呼んでくれた。その刑事に調べてもらううち、名前が見つかった。

「滝口政志、三十七歳。藤原達治の甥《おい》です。藤原の姉が長野県に住んでいますが、その長男ですね。中野《なかの》区東《ひがし》中野在住で食品メーカーに勤めています」

「もう誰かが当たっているんですよね？」

「はい。昨日のうちに捜査員が話を聞きに行きました。特に不審な点はなかったということですが」

捜査員が聞き込みで得たという情報を書き取ったあと、矢代は理沙の顔を見た。どうしますか、と目で尋ねる。

理沙は小さくうなずくと、古賀に話しかけた。

「係長、この滝口政志という男性を調べたいんですが、許可をいただけないでしょうか。私たちの仕事が文書解読であることはわかっています。ですが、滝口という名前を見つけたのはノートを調査した結果であり、もしかしたら今後の捜査にも役立つのではないかと……」

「わかった。行ってこい」

「はい？」理沙はまばたきをした。「いいんですか？」

「一度捜査員が話を聞いているが、ノートにも書かれていたとなると、俺も気になる。詳しく調べるべきだろう。これについては文書解読班が適任だ」

「ありがとうございます」

理沙は表情を和らげて、深く頭を下げた。

「何度も言うが、時間を無駄にするなよ。のんびりしている暇はないからな」

わかりました、と答えて矢代たちは外出の準備を始めた。


滝口政志は目黒《めぐろ》にあるハルタフーズという会社に勤めていた。

一階の受付で呼び出してもらうと、五分ほどで滝口はロビーにやってきた。歯の白い、礼儀正しそうな雰囲気の男性だ。右目の下に小さなほくろがある。クールビズが推奨されているのだろう、滝口は薄いブルーのワイシャツにノーネクタイという姿だった。

「お忙しいところ、すみません。警視庁の矢代といいます」そう言って警察手帳を呈示する。「それから、同じ部署の鳴海です」

「よろしくお願いします」理沙も手帳を相手に見せた。

一階の隅にベンチがあった。辺りには誰もいないから、込み入った話をしても問題ないだろう。三人はそこへ移動して腰掛けた。

「滝口さんは藤原達治さんの甥御さんだそうですね」矢代は尋ねた。

「ええ、法事や何かで会うたび、達治叔父《おじ》さんとはいろいろ話していました」

「藤原さんが昨日亡くなったことはご存じですよね」

「はい」滝口は眉《まゆ》をひそめた。「昨日、長野の母から連絡をもらって驚きました。刑事さん、犯人の目星はついているんですか？」

「まだそこまでは……。鋭意、捜査を進めているところです」

今の段階ではそんなふうに、定型文のような回答をするしかない。

「まさか、達治叔父さんが事件に巻き込まれるなんて……」滝口は表情を曇らせた。「母も動揺していました」

何度かうなずいてから、矢代は姿勢を正した。

「繰り返しになるかもしれませんが、質問にお答えください。最近、藤原さんから連絡を受けたことはありましたか」

ノートに書かれていた「要連絡」という言葉の確認だ。

「最近はないですね。前に一度、親戚《しんせき》の法事のことで電話がありましたけど。あれは二年前だったかな。そのとき会ったのが最後です」

「どの程度のおつきあいだったんでしょうか。藤原さんの家を訪ねたことはありますか」

「いいえ、それほど親しくしていたわけじゃありません。母は行ったことがあると思いますけど」

「二年前の法事で、何か気になったことは？」

「そうですね……」

滝口は指先で、軽く頬を掻《か》いた。しばらく記憶をたどる様子だったが、やがて彼は答えた。

「慣れない仕事でも、やり甲斐《がい》はあるものだと言っていました」

おや、と矢代は思った。藤原は会社を退職していたはずだ。

「相田デザインという会社を十年前にお辞めになったと聞いたんですが……」

「そのあと何年か、どこかの工場でアルバイトをしたと話していましたよ。単純な作業だけど意外に面白かったとか。ただ、二年前に会ったときにはそのバイトも辞めていたようでした。あいにく、どこの工場だったかまでは聞いていません」

何か関係ありそうに思えるが、その線は途切れてしまったようだ。矢代が考え込んでいると、理沙が口を開いた。

「五年前、藤原さんの奥さんが亡くなっていますが、そのときのことはご存じですか？」

「あの火事ですか……。達治叔父さんは叔母《おば》さんを大事にしていたから、ひどくショックを受けていました。茫然《ぼうぜん》自失というのか、まともに話すこともできなくなってしまってね。仕方ないので母と私が警察や消防の対応をして、葬儀も執り行いました。達治叔父さんが元どおり話せるようになるまで、三カ月ぐらいかかったと思います」

「ずいぶん長いですね」

「叔父さんは他人に厳しい人でしたけど、たぶん自分にも厳しかったんでしょう。自分が留守のとき叔母さんが亡くなったのを、気に病んでいたんだと思います。家財道具もすべて灰になってしまったし」

「そうですか。……話は変わりますが、滝口さん、北鋭電機という会社をご存じですか」

「ああ、有名ですよね。うちの冷蔵庫もあそこの製品じゃなかったかな」

「定年退職後、藤原さんが北鋭電機でアルバイトをしていた可能性はないでしょうか」

「残念ですが、アルバイト先のことは本当にわからないんですよ」

そう答えたあと、滝口は小さくため息をついた。

「それにしても、どうして達治叔父さんがこんなことになったのか……。誰かに恨まれていたんでしょうか」

「何か、そういう話をお聞きになったことはありますか？」

矢代が水を向けると、まさか、と滝口は首を振った。

「ただね、叔父さんには几帳面《きちょうめん》すぎるところがあったかもしれません。ルールに厳しい人だったし、はっきりものを言うタイプでしたから……。もしかして、そういう部分が誰かに嫌われたのかな」

「可能性はありますね」と矢代。

「今の時代、何が起こるかわからないじゃないですか。些細《ささい》なことで揉《も》めて、刺されてしまうなんて事件もありますよね。達治叔父さんも悪気はなかったんでしょうけど、言い方がきつかったから」

そのことは相田デザインの社長も話していた。藤原は以前から、思っていることを口に出してしまう性格だったようだ。

最後に理沙があらためて質問した。

「藤原さんは東陽新聞と関係があったでしょうか」

「新聞ですか？　さあ、わかりません」

「ユニゾンという言葉から、何か思い出すことは？」

意外な質問を受けたという表情になって、滝口は少し考え込んだ。やがて、彼はこう答えた。

「音楽の用語ですよね。聞いたことはありますけど、個人的には何も思いつきません」

「では、イソ９０００という言葉は記憶にないでしょうか」

「ええと……すみません。それも知りません」

その後も質問を続けたが、特に情報は出てこなかった。矢代と理沙は礼を述べて、ベンチから立ち上がった。

「罪もない高齢者が襲われるなんて、ひどい話です」滝口は矢代に向かって言った。

「刑事さん、早く犯人を捕まえてください。私もできる限り協力します。なんとしても叔父さんの無念を晴らしてほしいんです」

その表情は真剣だ。しばらく会っていなかったとはいえ、以前親しく話していたのなら、叔父の死はショックだろう。なぜ藤原が殺害されたのか、誰が犯人なのか、気になって仕方がないはずだ。

全力を尽くします、と答えて矢代たちは滝口と別れた。

3

「次はどうします？　またノートの調査に戻りますか？」

駅に向かいながら矢代が尋ねると、理沙はポケットから畳んだ紙を取り出した。

「外に出たついでです。このメモについて調べてみませんか」

彼女が紙を広げると、そこにはレシートの表と裏がコピーされていた。幅四センチ五ミリの、裏にメモ書きのあるレシートだ。

矢代はその紙を見つめた。

「何を買ったのかな。ＤＰ０１という商品が三百円、ＤＰ８０が百円ですよね」

「ええ。そう高い商品ではないですね」

「もしかして、食品や雑貨じゃないでしょうか」

ＤＰ０１、ＤＰ８０の意味が知りたかった。扱っている商品がわかれば、どんな店なのか想像できるようになるはずだ。

矢代は自分の鞄《かばん》の中を探ってみた。幸い、スーパーで食品を買ったときのレシートが一枚見つかった。その内容と、理沙が持ってきたレシートの内容を比べてみる。業種が違う可能性があるから単純に比較はできないが、ひとつ気がついたことがあった。

「この細いほうのレシート、内税の計算をしていませんね」

「え？」理沙は首をかしげた。

「ここを見てください。スーパーの幅広のレシートでは合計を出したあと、かっこ付きでその合計に含まれる内税額を計算しているんです。俺のレシートだと合計は四千二百五十円で、その中の内税は三百十四円と印字されています」

矢代は携帯を取り出し、電卓機能で計算してみた。

「うん、間違いないですね。今、消費税率は八パーセントだから合ってます」

「え……。矢代さんすごいですね。どういう計算をすると内税がわかるんですか？」

「合計額掛ける８、割る１０８です。前に雑誌で読みました」

「私の知らないことを知っているなんて、矢代さん、なかなかやりますね」

理沙は難しい顔をしてレシートを見つめている。

「覚えておくと便利ですよ。まあ、それはともかく」矢代はコピーされた細いレシートを指差した。「合計が四百円なら、本来は二十九円が内税として印字されるはずなんです。でも、ここでは計算されていません」

なるほど、と理沙は感心したような声を出した。

「その雑誌に書いてありましたよ」矢代は続けた。「消費税が導入された直後は、商品の本体価格に外税額を足して合計額を出していたんですよね。その後、商品の内税表示が一般的になると、レシートに内税いくらと記録するようになったんです。商品の合計額はわかっているから、買い物客にとって内税はあまり意味のない数字なんだけど、レジの機能で自動計算してくれるんですよ」

それを聞いて、理沙は「あ！」と声を上げた。

「古いレジだから税計算ができないんじゃないですか？」

「ええ、そうだと思います。古いレジだから感熱紙ではなく、インク式なんでしょう」

「それにしても、消費税が導入されたのってずいぶん前ですよね。いくら物持ちがいい人でも、そんなに長い間、同じレジを使っているでしょうか」

「個人商店なら使っている可能性がありますよ。雰囲気としては、土産物の売店なんかがそれに近いかもしれません。このＤＰ０１、ＤＰ８０というのはどう見ても略号ですよね。でも店員にとっては、この四文字だけで充分なんでしょう。なぜかというと、もともと扱っている商品数が少ないからです」

なるほど、と理沙は大きくうなずいた。

「そういうお店を探せばいいんですね。問題はその店がどの辺りにあるかということですけど……」

「二年前にはアルバイトを辞めていたというから、最近はあまり遠出をしていなかったんじゃないかな。藤原さんの生活圏内を探してみませんか。まずはアパートの近くからということで、どうです？」

そうしましょう、と言って理沙は駅への道を歩きだした。

電車を乗り継いで、矢代たちは目黒から練馬に戻ってきた。

藤原が住んでいたアパートに行き、二〇三号室の主婦・村井に細いレシートのコピーを見せてみた。こういうレシートを出す店を知らないかと尋ねたが、あいにく見たことがないという。アパートのほかの住人たちもやはり、知らないと答えた。

矢代たちはアパートを出て、藤原の生活圏内を歩いてみることにした。

小規模な店を見つけるたびにレジを確認させてもらったが、インク式のレジは見つからない。一時間ほど歩き続けたあと、理沙が言った。

「当てずっぽうに探すのも大変ですね。今どきこんなレシートを使うお店が、どれくらいあるのか……。そもそも、こういうレジって修理なんかしてくれるんでしょうか」

たしかに、修理をしてくれる会社はほとんどないのではないかと思われる。家電などもそうだが、買ってから何年もたつとまず修理用の部品が調達できなくなる。次いで消耗品などが手に入らなくなって、結局製品自体が使えなくなるのだ。

だいぶ秋めいてきたかと思ったが、九月の日射しはまだ強い。歩いているうちに汗ばんできたので、矢代は休憩を提案した。

自販機で缶コーヒーを買い、日陰に入ってゆっくり飲む。

「聞き込みをしているときの矢代さんは、いかにも足で稼ぐ刑事って感じですよね」

急に理沙がそんなことを言ったので、矢代は口元を緩めた。

「まあ、俺は頭脳労働には向きませんから」

「そういえば、昔は『お遍路さん』と呼ばれていたんでしたっけ」

「あれは先輩がからかって、そう言っていたんです」

情報収集のため、同じルートを何度も繰り返し歩いたことから、そんなあだ名を付けられた。以前から、捜査中の我慢強さには自信がある。

「現場百遍ですよ。まあ、鳴海主任から見ると、前時代的なやり方に思えるでしょうけど」

「いえ、そうは思いません」理沙は首を振った。「情報を集めるのがどれほど大変なことか、私もわかっているつもりです。現場百遍、いい言葉だと思います」

「これは意外だな。どうも鳴海主任らしくありませんね。そもそも外に出るのが嫌いだったはずなのに」

「失礼な……。矢代さんは私のことを、どんなふうに見ていたんですか？」

そんなことを言って理沙は笑った。

コーヒーを飲んでいるうちに、矢代はふと後輩たちのことを思い出した。

「今ごろ、夏目と谷崎はどうしてますかね」

「ああ、そうですよね。谷崎さんがやけに緊張しているようでしたけど……。でも財津係長は、あえてあのふたりをコンビにしたんじゃないでしょうか」

「というと？」

「環境によって人は変わります。私だって最近はこのとおり、外での捜査にも慣れてきたんですから」

たしかに一年ほど前に比べると、リーダーらしい行動がみられるようになっている。矢代が言うのも何だが、理沙も管理職として成長しているのかもしれない。

「頼りにしてますよ、主任」

「こちらこそお願いしますよ、サブリーダーの矢代さん」

「いや、俺はただの捜査員ですから……」

コーヒーの空き缶をごみ箱に捨てると、矢代たちは捜査を再開した。

藤原達治が買った四百円分の商品とは、いったい何だったのだろう。彼は高齢だったから、家からあまり遠くない店で買ったのではないか、というのが矢代の見方だ。

あれこれ考えながら歩いているうち、矢代たちは文具店を見つけた。そのとき、突然ひらめいた。

「そうか。数が少ないとなれば、絞り込むのは案外簡単かもしれない」

ガラス戸を開けて中に入る。個人で商売をしているらしい、小さな文具店だった。以前はこうした店をよく見かけたが、最近はずいぶん少なくなっている。店の奥には頭の禿《は》げ上がった老人がいて、ぱたぱたと団扇《うちわ》を使っていた。こういう人も子供のころによく見たなあ、と矢代はなつかしく思った。

「お忙しいところ、失礼します」理沙は警察手帳を相手に見せた。「警視庁の者です。ちょっとお尋ねしたいんですが、こちらのお店でこんなレシートを使ってはいませんか？」

店主は団扇を動かす手を止めて、レシートのコピーを見つめた。

「ああ。これなら、ほれ」彼は理沙の背後を指差した。「あそこの棚にあるよ」

矢代と理沙はその棚に近づいていった。いろいろな文房具が並ぶ中に、ボール紙で作られた箱がいくつかある。ひとつ手に取って蓋《ふた》を開けると、レシート用紙が詰め込まれていた。箱の脇には《ロールペーパー　45ミリ》と印刷されている。

「やっぱりね」矢代は振り返って店主のほうを向いた。「レシート用紙は文具店で扱っていると聞いたことがあったんです。もしかしてレジ本体も売っていますか？」

「あいにくレジは置いてないよ。でもロールペーパーとインクリボンだけは用意してある。定期的に買っていく人がいるんでね」

「誰ですか？」箱を棚に戻して、矢代は店主に問いかけた。「幅四十五ミリのロールペーパーを使っている人というのは」

「この先の古本屋だよ。さっきあんたが見せた四百円分のレシートは、その店のものに間違いないと思う」

「なぜそう言えるんです？」

「うちには店名インクは置いてないんだ。あいつ、面倒くさがってメーカーに発注しようとしないんだよ。だからその古本屋のレシートには、店の名前と電話番号が印字されていないってわけだ」

商品明細などを印字する部分にはインクリボンという部品を使い、店名を印字する部分には店名インクというものを使うらしい。二種類のインクを使っているせいで、店の特定がより早くなったわけだ。矢代たちにとってはありがたいことだった。

古書店の場所を教わると、店主に謝意を伝えて矢代たちは外に出た。

目指す店は三分ほどで見つかった。看板には《花岡《はなおか》書店》とある。店主ひとりの目がすべての商品に行き届くような、こぢんまりした造りだった。

棚の整理をしていた男性に、矢代はうしろから話しかけた。

「すみません、警視庁の者です。お店のオーナーさんでしょうか」

「え？　はい、花岡ですが」

何事かと身構えながら店主はこちらを向いた。青白い顔をした男性で、年齢は三十代半ばというところか。あごひげを生やしているが、あまり似合っているとは言えない。

「このレシートは、こちらのお店で発行されたものですか？」

言いながら、矢代はレシートのコピーを差し出す。

花岡は怖いものを見るような目でコピーを睨《にら》んでいたが、やがて顔を上げた。

「そう……だと思います。たぶん」

理沙が矢代を手招きしていた。カウンターに近づいていくと、そこに小型のレジが置かれている。思ったとおり、かなりの年代物だ。

「これですね、幅四十五ミリのレシートを使っているレジは」

「あの、それが何か……」

花岡は不思議そうな顔をして立っている。矢代は続けてこう訊《き》いた。

「DP01とかDP80というのは、どの商品ですか？」

「ああ、それは部門のことです。たしか『department』の略ですよ。どの商品というのではなくて、商品の分類のことをいうんです。うちでは文庫本ならDP80とか、そういうふうに決めています」

「DP01は？」

「実用書です」

なるほど、と矢代はうなずいた。この店ではそういうジャンル分けをしていたのだ。

今度は理沙が花岡に尋ねた。

「このレシートは、一月十九日の十六時五分に発行されています。買っていった人を覚えていませんか？」

「いや、それはわかりませんよ。だって、もう半年以上前のことですよね」

「じゃあ、この人に見覚えは？」

理沙は資料ファイルから藤原の写真を取り出し、相手に見せた。

花岡はすぐに思い出したようだ。

「ああ、ときどきうちに来ていたお客さんですね。お歳の方だったから覚えていたんです。小説や実用書をよく買ってくれました」

「常連客というわけですね。この人について、何かご存じですか？」

「いいえ、特に知っていることはありません。世間話をしたこともないですし……」

「レシートの裏にイソ９０００とメモしてあったんですが、心当たりは？」

「イソですか？　聞いたことがありませんけど」

矢代は理沙と顔を見合わせた。あいにく藤原個人についての情報は入手できなかった。だが矢代たちはこの店で、別の手がかりを得ることができた。

「アパートへ戻って、文庫本と実用書を調べましょう」と理沙。

「花岡さん、助かりました」

ひとつ頭を下げて、矢代は古書店を出た。理沙も足早についてきた。

アパートまでは徒歩で十分ほどだった。途中にはコンビニなどもあるから、藤原が散歩をするにはちょうどいいコースだと思われる。

歩きながら矢代は特捜本部に電話をかけ、アパートの部屋を調べさせてくれるよう古賀係長に頼んだ。幸い今の時間は現場を調べる捜査員がいて、部屋の鍵《かぎ》は開いているはずだという。

階段を上って二〇一号室に向かった。古賀が言っていたとおり、玄関は施錠されていなかった。

矢代たちが入っていくと、中にいた刑事が驚いたという顔でこちらを向いた。黒いウインドブレーカーを着た、二十代後半の男性だ。

「文書解読班です」理沙が言った。「部屋の中を調べさせてください。古賀係長の許可は得ています」

「あ……はい、わかりました。自分は坂本《さかもと》といいます。どうぞ気にせずに作業をなさってください」

坂本は矢代たちを奥へ案内してくれた。

矢代と理沙は寝室にある書棚を調べ始めた。最初に臨場したときと変わらず、小説、雑誌、実用書などが収めてある。図書館からのリサイクル本も多いが、文庫本が集められた一角もあった。

文庫本や実用書を確認してみると、どの本にも古書店の値札が付いていた。

「これらの本、いくつかの古書店で買っていたようですね」理沙は値札を指差した。

「もちろん、花岡書店の名前もあります」

どの本が一月十九日に購入されたものかはわからないが、とりあえず古書店の値札が付いているものはすべてテーブルに並べてみた。そのあと、矢代と理沙は手分けしてそれらの本をチェックしていった。

五分ほどで理沙が何か見つけたようだ。彼女は矢代を呼び、一冊の実用書を差し出した。表紙には『完全図解ＩＳＯ９０００』と書かれている。

これを見て、あ、と矢代は思った。

「イソって、これのことですか」

「たぶんそうです。『ＩＳＯ《アイエスオー》』と読むみたいですね。藤原さんは読み方もよくわからないまま、慌ててメモしたんじゃないでしょうか。その後、何冊もこの関係の本を集めたようです」

ほかにも『ＩＳＯ９０００シリーズ入門』『企業力アップのためのＩＳＯ９０００』『ＩＳＯ９００１マネジメント』『よくわかるＩＳＯ９０００』といった本がある。

「ええと……９０００と９００１と、二種類あるんですかね。そもそもＩＳＯ９０００というのは何なんです？」

ビジネス書のようだが、抽象的なイラストが描かれていて、中身の見当がつかない。

理沙はページをぱらぱらとめくってから顔を上げた。

「ＩＳＯは国際標準化機構の略だそうです。そこが定めた規格の９０００番ということでしょうね。品質管理に関する標準規格のようで９０００のほかに９００１、９００２、

９００３といったものもあるとか。まとめてＩＳＯ９０００シリーズと呼ぶようです」

「品質管理というのは、アフターサービス的な？」と矢代。

「いえ、わかりやすく言うと、製品やサービスを提供するときの国際的なルールです」

「藤原さんは何冊も本を買って、それを勉強していたわけですか。でも、今さらどこかへ再就職するわけではなかっただろうし……」

「そうですね。これは北鋭電機を調べていたことと関係あるんじゃないでしょうか」

五冊の本を順番に手にして、矢代は値札を確認した。『完全図解ＩＳＯ９０００』は三百円、ほかの四冊はどれも四百円以上だった。

「内容と値段から考えて、一月十九日に買ったのはたぶん『完全図解ＩＳＯ９０００』ですよね」

矢代がそう言うと、理沙は空中に視線をさまよわせた。

「状況を推測してみると、こんな感じでしょうか」彼女は声を低めて、本を探すマイムを始めた。「イソの本はないかな。イソ、イソ……。ええと、ああ、これだ。おや、アイエスオーって読むのか。ふうん。値段は三百円。よし、買おう。それから百円の小説もついでに買っていこう。……ここで藤原さんはお金を払ってレシートを受け取った。うちに帰って本を読み、レシートの裏にイソ９０００と書き込んだ」

そこまで言って、理沙はゆっくりと首をかしげた。

「いや、おかしいですよね。もともとＩＳＯ９０００に興味を持っていたのなら、なぜそこでわざわざ『イソ9000』と書く必要があるのか……」

「たしかに変ですね」矢代もうなずく。

「そうか。こうですよ。その日は小説と何かの実用書を買って帰った。この書棚にあるパソコンの入門書とか、健康の本だったのかもしれません。そのあと新聞か雑誌かわかりませんが、何かを見て藤原さんはISO9000のことを知った。今度その本を買おうと思って、急いでメモしたんでしょう」

「その後、ISO関係の本を買い集めたわけですか」

「最初に知ったのは偶然かもしれませんが、藤原さんにとっては大きな発見だったんじゃないでしょうか」

五冊の本を調べると、あちこちに付箋《ふせん》があった。詳しく読み込んでいたことがよくわかる。藤原達治はISO9000に興味を持ち、古本で調べていたのだ。そのことと今回の殺人事件は何か関係があるのだろうか。

「これこそ文書解読班の仕事です。この本をじっくり読まなくては」

「借用して帰りますか？」

矢代は尋ねた。長野県にいる藤原の親族には、すでに物品借用の許可を得ている。

しかし理沙は首を横に振った。

「時間がもったいないですね。すぐに読んでみましょう」

「え……。ここで？」

「書棚の本は、どれが何につながっているかわかりません。関係ないと思っていた本が、意外なところでISO9000に関わっている可能性もあります」

「まあ、たしかに書棚の本を全部持っていくわけにはいきませんね」

「じゃあ、矢代さんはこの本から」

そう言って理沙は先ほどの五冊の中から一冊を選び、テーブルに置いた。

「あれ？　文書を読むのは鳴海主任の担当ですよね」

「今は急いでいるんです。手分けして読んで、あとで内容をすり合わせたほうが効率的ですよ」

まいったな、と矢代は思った。自分はあまり本を読むほうではない。人より読書スピードが遅いし、どこまで内容を理解できるかもわからない。

そういったことを説明したのだが、理沙は容赦してくれなかった。

「ひとりが頑張っても駄目なんですよ。警察の捜査はチームで行うものですよね？」

「まあ、そうですけど」

「わかったら矢代さん、その本を読んでください」

「……はあ、了解です」

気が進まないが、上司の命令とあればやらざるを得ない。矢代は床にあぐらをかいて、本を読み始めた。

「国語の先生になったような気分ですよ」矢代をちらりと見て、理沙は言った。「人に本を読ませるのって大変なんですね」

文字フェチで文書好きの理沙にしてみれば、本を読むのが面倒だという矢代の気持ちは、まったく理解できないものだろう。

──まあ、こっちも主任の気持ちはわからないんだけどな。

そんなことを思いながら、矢代は本のページをめくった。

4

矢代と理沙はアパートの一室で、藤原達治の蔵書に目を通していった。

五冊あったＩＳＯ９０００関連の実用書はそれぞれ書き方が異なっていて、知識を深めるのに役立った。藤原が、系統立てて本を読んでいたことがよくわかる。

読書を続けていると携帯電話が鳴りだした。矢代は携帯を取り出し、液晶画面を確認する。相手は川奈部主任だ。時計表示を見ると、午後六時を回ったところだった。

「お疲れさまです。矢代です」

「おう、倉庫番。川奈部だ。古賀係長から電話するように言われた。おまえと鳴海さんは今、藤原達治のアパートにいるんだよな」

「そうです。本を調べているところです」

「アパートから五分ぐらい歩いたところに薬局があるんだが、そこの防犯カメラに藤原の姿が記録されていたらしい。地取り班の刑事が見つけたそうだ。手が足りないんで、そいつを手伝ってやってくれないか」

「ちょっとお待ちください」

電話を耳から離して、矢代はその話を理沙に伝える。どうしましょう、と尋ねると、少し考えてから理沙は答えた。

「私はここでほかの本をチェックしますから、矢代さん、行ってきてもらえますか」

「そうですね。ビデオを確認するだけなら俺ひとりで充分だし……」

その旨を川奈部に伝えてから、矢代は薬局の場所を教えてもらった。

「じゃあ鳴海主任、行ってきます」

電話を切って矢代は声をかけた。理沙はからかうような目でこちらを見る。

「急に生き生きした顔になったじゃないですか」

「俺にはこういう仕事のほうが合っていると思うんです。……というより、本を調べる仕事に向いていないというべきかな」

「矢代さんは文書解読班であって、ビデオ解析班じゃないんですけどね」

「まあ、これは古賀係長の命令ですから」

ひとつ頭を下げて、矢代は玄関に向かった。茶簞笥《ちゃだんす》を調べていた坂本に挨拶《あいさつ》してから、アパートの二〇一号室を出た。

日が落ちて辺りは暗くなってきている。部活を終えて帰ってきたのか、中学生たちが話をしながら道を歩いていた。

教わったとおりに住宅街を進んでいくと、じきに薬局の看板が見えた。個人でやっているらしく規模は小さめだ。入り口近くには広告用の幟《のぼり》が何本も立っている。

店内では、女性客と白衣の男性がカウンター越しに何か話していた。その客が買い物を終えて出ていくのを待ってから、矢代は男性に声をかけた。

「警察の者ですが、ビデオを見せてもらいたいと思いまして」

「事務室に店長がいますので、どうぞ」

男性はカウンターのそばにあるドアを指差した。礼を言って矢代はそのドアをノックし、手前に引いた。

店舗の事務所というのはどこも似たようなものだ。狭いスペースに小さなテーブルが置かれている。壁際にはパソコンデスクが設置されていた。

デスクトップパソコンを操作しているのは、紺色のスーツを着た小太りの男性だ。おそらく五十代だと思われる。その横で、白衣を着た男性が画面を覗《のぞ》き込んでいた。

「文書解読班の矢代です。応援に来ました」

「ああ、わざわざすみません」小太りの男性が頭を掻《か》きながら言った。「相棒と一緒ならよかったんですが、あいにく別件の対応をしていまして。私ひとりじゃ、パソコンの操作に不安があるもんですから」

彼はたしか練馬署の刑事だ。捜査会議で顔を見たことがある。

「店長さんに操作してもらえばいいのでは……」

不思議に思って矢代が言うと、白衣の男性は慌てた様子で首を振った。

「私もパソコンはよくわからないんです。防犯カメラの映像をチェックするなんて、ほとんどやったことがなくて……」

案外そんなものかもしれない。業者に勧められて防犯カメラを導入したが、うまく使えていないのだろう。

だがその防犯カメラが、自分たち捜査員の役に立ちそうだった。

「矢代さん、見てください」小太りの所轄刑事は画面を指差した。「ここまではなんとか操作できたんです。ほら、この男、マル害ですよね」

画面の映像は停止している。そこに映っているのは、チェックのシャツにカーディガンを着た男性だ。背恰好《せかっこう》や頭髪などから、被害者・藤原達治に間違いないことがわかった。

「店の前の道路を撮影したものです」店長が矢代のほうを向いた。「こんなふうに映像を確認するのは初めてですよ」

「それはどうも、ご協力ありがとうございます」矢代は頭を下げた。「……で、この映像はいつのものなんです？」

「ええと、いつでしたっけ」と店長。

画面に表示された数字を見て、所轄の刑事は答えた。

「九月七日、事件の一週間前ですね。時刻は十七時十分。マル害は駅のほうから来て、自分のアパートのほうへ歩いていくところです」

「どこかから帰ってきた、という感じですか……」

考え込む矢代に向かって、所轄の刑事はこう続けた。

「それでですね、矢代さん。このあとを見てもらえますか」

彼はマウスを操作して、映像をスタートさせた。

薬局の前を通過しようとしたところで、藤原がふと足を止めた。うしろを振り返ったところへ、誰かが近づいてくる。男性だというのはわかるが、カメラから少し遠いため顔がはっきり見えない。

ふたりは知り合いだったのだろう、何か言葉を交わしたようだ。そのまま並んで歩きだし、カメラのフレームから消えた。ふたりで藤原のアパートに向かったものと思われる。

所轄の刑事が再び映像を止めた。

「こういうわけなんです。あとから来たこの男、気になりますよね」

「たしかに……」矢代はパソコンに近づいて尋ねた。「さっきの男、顔を拡大できませんか」

「試してみたんですが、どうもうまくいかなくて。矢代さん、わかります？」

ちょっと失礼、と言って矢代は席を空けてもらい、パイプ椅子に腰掛けた。操作マニュアルはないというので、推測しながらマウスを動かしてみる。画面に表示された矢印ボタンを使って再生、早回し、バックなどができることはわかった。矢代は映像をバックさせ、一時停止させた。

画面には藤原と不審な男が映っている。この男の顔を拡大したいのだが、所轄刑事の言うとおり、操作方法がわからない。

――もしかしたら、この男が脅迫者じゃないのか？

親しいように見えても、裏で脅すようなことをしていた可能性がある。

「防犯カメラのメーカーに聞いてもらえませんか」

そう頼んでみたが、途端に店長は渋い表情になった。

「保守サービスに入っていないものですから、問い合わせ先がわからなくて」

「じゃあ、販売した会社に連絡してみるとか……」

「すみません、その会社、つぶれてしまったんです」

弱ったな、と矢代は思った。今の時代、販売会社がつぶれるのはよくあることだが、これは困る。

どうしたものかと考えているうち、ある人物の顔が頭に浮かんだ。ポケットから携帯を取り出し、架電してみる。三コール目でつながった。

「はい、夏目です」

「矢代だ。谷崎に代わってくれないか」

「え……谷崎くんですか？　ちょっとお待ちください」

電話の向こうで夏目は谷崎に話しかけたようだ。数秒後、男性の声が聞こえてきた。

「谷崎です」

「お疲れさん。パソコンのことを教えてくれないかな。今、防犯カメラのソフトを使っているんだが、操作方法がわからなくて……」

「ネットで調べてみましたか？」

「いや、谷崎に調べてもらったほうが正確だと思ってさ。頼りにしてるんだよ」

「ふふん、わかりました。状況を詳しく聞かせてください」

矢代はソフトの名前やバージョンなどを説明した。谷崎はかちゃかちゃとキーボードを叩《たた》き始めたようだ。ややあって、また彼の声が聞こえてきた。

「古いソフトですが、ユーザーがネットに情報を書き残してくれていました。画像の拡大方法ですが、まず設定ボタンを押して……」

電話で指示を受けながら、矢代は操作を続けた。バージョンが違ったのか途中で少し迷う場面もあったが、一分半ほどで設定変更が終わった。

「どうですか、先輩」

「おお！　拡大できるようになった。さすがＩＴのプロだ」

「いえ、少し調べればわかることですから」

「本当に助かった。ありがとな」

電話を切って、矢代は画面に集中した。拡大された不審人物をじっと見つめる。その顔には見覚えがあった。

──どうして、この人がここにいるんだ？

眉《まゆ》をひそめながら、矢代は映像を先に進めた。男の顔の向きが少し変わったところで、またストップさせる。やはりそうだ。あの人に間違いない。

「画面の拡大方法はもうわかりましたよね。これで映像の調査はできますね？」

所轄刑事のほうを向いて矢代は尋ねた。ええ、と相手はうなずく。

「じゃあ、あとはよろしくお願いします」

軽く頭を下げて、矢代はパイプ椅子から立ち上がった。

薬局の外に出ると、手に握っていた携帯電話を操作した。メモリーから番号を呼び出し、理沙に架電する。

「はい、鳴海です。矢代さん、どうかしましたか？」

「防犯カメラの映像を確認しました。九月七日、十七時十分、藤原さんと親しく話す男が映っていました」

「どんな人です？」

「我々が知っている人ですよ。藤原さんの甥《おい》、滝口政志さんです」

え、と言って理沙は黙り込んでしまった。矢代が驚いたのと同様、彼女もかなり動揺しているようだ。数秒たってから、再び理沙の声が聞こえてきた。

「でも、最後に藤原さんに会ったのは二年前だと話していましたよね」

「嘘だったということですよ」

「どうして滝口さんはそんな嘘を……」

「本人から理由を聞くべきだと思います。もしかしたら、滝口さんはこの事件に深く関わっているのかもしれません」

「……わかりました。すぐにアパートまで戻ってきてもらえますか。古賀係長には私から報告しておきます」

矢代は急ぎ足で藤原のアパートに向かった。気持ちが焦って仕方がない。途中からは駆け足になっていた。

二〇一号室のドアを開けると、坂本が驚いてこちらを向いた。それにはかまわず、矢代は奥に入っていく。

理沙は電話をかけているところだった。

「……ええ、滝口さんが勤めているハルタフーズに電話したんですが、今日はもう退社したということで。……そうですか、教わっていた携帯も通じないんですね？　念のため自宅に行ってみてもいいでしょうか。……ああ、それは助かります。ここにいる坂本さんですね？」

おや、という顔で坂本が理沙を見た。理沙は電話を耳から離して、彼に近づいていく。

「坂本さん、古賀係長からです」

「自分にですか？」

驚いたという表情だったが、彼は頭を下げて理沙から携帯を受け取った。

「はい、坂本です。……ええ、車で来ています。大丈夫です。……わかりました。至急、向かいます」

通話を終えると、坂本は理沙に電話を返した。緊張した様子で彼は言った。

「今、命令を受けました。自分の覆面パトカーで、おふたりを滝口政志のマンションまでお連れします。そのあとは鳴海主任の指示に従え、とのことでした」

「坂本さん、すぐに出発しましょう。滝口さんのマンションは東中野にあります。まだ家に戻っていないかもしれませんが、とにかく現地に向かいます」

滝口が矢代たちに虚偽の説明をしたことは間違いなかった。

──場合によっては、彼を取り押さえることになるかもしれない。

快活そうな滝口の表情を思い出しながら、矢代はそう考えた。誠実な人物に見えた彼が、なぜ刑事に嘘をついたのだろう。滝口はいったい何を隠していたのか。

「矢代さん、行きますよ」

理沙にそう言われ、矢代は我に返った。はい、とうなずいて坂本に声をかける。

「坂本くん、よろしく頼む」

「車はすぐそこに停めてあります」

三人はアパートの共用通路に出た。坂本が部屋に施錠するのを待ってから、矢代たちは階段を下りていった。

5

　途中、大きな渋滞に巻き込まれなかったのは幸いだった。練馬二丁目から東中野まで、二十分ほどで矢代たちは移動することができた。面パトはヘッドライトを点《つ》け、住宅街をゆっくり進んでいく。この辺りには古い家と新しい家が混在している。大通り沿いを除けば、背の高い建築物はほとんどみられない。あったとしても四、五階建てのマンションぐらいだ。

　矢代たちの目的地は、そうしたマンションのひとつだった。四階建てで、落ち着いた雰囲気の建物だ。壁の要所要所に華やかな色のタイルが使われていて、センスがいい。

　車から降りると、矢代たちはそのマンションに近づいていった。

　辺りはかなり暗く、外灯のない場所は見通しが利かない。腕時計を見ると、午後八時になるところだった。住宅街とはいえ、この辺りはあまり人通りが多くないようだ。

　事前の情報によると、滝口の部屋は一階の一〇三号室だという。まず窓の外から様子をうかがうことにした。一階の各部屋には小さな庭が付いている。バルコニーからその庭に下りて草花を育てたり、家庭菜園を作ったりすることもできそうだ。

　薄闇の中で目を凝らしてみる。滝口はまめな性格なのだろう、一〇三号室の庭はよく手入れされていて雑草などは見当たらなかった。

「部屋の明かりは点いていませんね」坂本が矢代にささやいた。

「やはりまだ戻っていないんだな。鳴海主任、どうします？」

「表に回ってみましょう」理沙は小声で答えた。

理沙を先頭にして、三人はマンションの正面へ向かった。エントランスに入ろうとしたが、あいにくオートロックになっている。

「一〇三号室は留守だと思いますが、呼んでみますか？」と坂本。

「そうですね。一応呼んでみましょうか」

うなずいて、理沙が一〇三号室を呼び出そうとしたときだった。矢代たちは突然、背後から声をかけられた。

「滝口さんに何かご用ですか」

はっとして矢代たちは振り返る。いつの間に近づいてきたのか、四十歳前後の男がそこに立っていた。灰色のくたびれたスーツを着ているが、やけに目つきが鋭い。その男は油断なく辺りに視線を走らせたあと、矢代をじっと見つめた。

――こいつ、何なんだ？

顔つきが険しいとか、そういう簡単な問題ではなかった。身にまとっている雰囲気が、一般市民とは違う。おそらく、まともな職業の人間ではないだろう。

「あんた、いったい何者だ」

相手の動きに警戒しながら、矢代は低い声で尋ねた。もし何かあれば、ここで一戦交える覚悟だった。体の中をびりびりと緊張が走っていく。

隣にいる坂本をそっとうかがうと、彼もこの空気を感じ取っているようだった。二対一なら間違いなくこちらが有利だ。

と、そこへ理沙の声が聞こえた。

「国木田《くにきだ》さんじゃないですか！」

驚いて、矢代と坂本は振り返る。

「主任、この人を知っているんですか？」

「捜査一課八係の国木田哲夫《てつお》警部補です。前にコンビを組んで捜査をしたことがあります」

思わず、矢代はまばたきをした。意外な話ではあったが、同時に納得することもあった。この男性は刑事だから、全身にあれほどの緊張感をみなぎらせていたのだ。

理沙は国木田に向かって、親しげに話しかけた。

「お久しぶりです、国木田さん」

「こんなところで鳴海に会うとはな」国木田は渋い表情のまま、辺りに目を走らせた。

「一緒に来てくれ。ここは場所が悪い」

国木田は踵《きびす》を返し、足早に歩きだす。矢代たちは慌てて彼のあとを追った。

五十メートルほど離れた路上に覆面パトカーが停まっていた。理沙たちが駐車した場所からは見えない位置だ。

車内には誰もいなかった。キーでドアロックを解除すると、国木田は運転席に乗り込んだ。促されて、矢代たち三人は後部座席に座った。

フロントガラス越しに先ほどのマンションが見えている。目を凝らせば、エントランスに出入りする人物を確認することができる。

——住人の動きを監視していたのか？

矢代は運転席にいる国木田の顔を、そっとうかがった。メモ帳に何か書き込んでから、国木田は体をひねって後部座席のほうを向いた。

「鳴海は科学捜査係の文書解読班に入ったんだってな。去年の秋からはリーダーをやってるそうじゃないか」

「いえ、小さな部署ですから……」

「謙遜《けんそん》するなよ。文書解読班はずいぶん活躍していると聞いた。得意な分野で捜査できるなんて、うらやましいことだ」

「国木田さんのほうはどうなんです？」

「俺か……」彼は少し言い淀《よど》んだ。「まあ、昔と変わらないよ。こうやって地道な捜査を続けている」

「ひとりでですか？」

「そうだ。前に話しただろう。俺は相棒に足を引っ張られるのが嫌なんだ。出来の悪い奴の面倒なんて見たくない」

理沙は驚いたという表情を浮かべたあと、相手を諭すような調子で言った。

「国木田さん、私たちは組織で捜査をしているんですから、勝手な行動をとってはまずいと思いますよ」

今度は国木田が驚いていた。警戒心をあらわにして、ふん、と鼻を鳴らした。

「鳴海にそんなことを言われるとはな。出世すると人柄も変わるのか？」

「そうじゃありませんけど、私もチームを預かる身になりましたから」

「それを世間じゃ、出世というんだよ」

表面上、国木田は少しきつい調子で喋《しゃべ》っているように思われる。しかし理沙は年上の彼を相手にしても、臆《おく》するところがない。矢代にとって、理沙のこの反応はかなり意外なものだった。ふたりの間には何か通じるものがあるのだろうか。

「あの、鳴海主任」矢代は横から話しかけた。「国木田さんとはいつ……」

「二年前の五月ごろ、一緒に捜査をしました。当時私は代々木《よよぎ》署の刑事課にいたんですよ。特捜本部が設置されて、現場に赤い漢字が書き残されるという奇妙な事件を追いかけました。……今思えば、私が文字のことを熱心に調べた、最初の事件だったかもしれません」

「あれが解決したとき、俺は鳴海を見直したんだ」国木田は言った。「ずいぶん変わった刑事がいるもんだと驚いたが、面白い捜査方法を教えてもらった。コンビを組むのも、まあ悪くないと思ったよ」

「そう言うわりには、今ひとりで行動しているんですよね？」

理沙に問われて、国木田はわざとらしく咳払《せきばら》いをした。

「鳴海のような面白い刑事なら組んでもいいが、あいにくそういう奴が見つからない。だったらひとりで捜査したほうが楽だと思ってしまう」

「それじゃ、昔に逆戻りじゃないですか。人間嫌いもいい加減にしないと」

え、と矢代は声を出しそうになった。一部の女性が苦手だという理沙は、人間嫌いではないのだろうか。

「まあ、そんなことはどうでもいい」国木田は表情を引き締めて、矢代と坂本の顔を見た。「鳴海たちが今夜、ここにやってきたのはなぜだ？　さっき聞こえた話では、一〇三号室の滝口政志を訪ねてきたようだったが……」

理沙は一瞬、間をおいてからこう答えた。

「国木田さんこそ、なぜここにいるんです？　滝口政志さんにどんな用があるんですか」

ふたりは互いに相手の顔を見て、腹の探り合いをしているようだ。つい先ほどまでは親しげな関係だと思えたが、そうとばかりも言えないらしい。

沈黙を破ったのは国木田のほうだった。

「鳴海なら簡単に喋るんじゃないかと思ったんだが」

「まさか。リーダーの私がぺらぺら捜査情報を喋ったら、部下に示しがつきません」

「おまえの立場はわかった。じゃあ、ギブアンドテイクでいこう。今俺たちの特捜本部では、ある殺人事件を追っている。その捜査の中で、滝口政志の名前が浮かんだ。事件に関わっていると睨《にら》んで、俺は奴を監視していた。まあ特捜本部の決定じゃなく、俺がひとりで疑っているだけなんだがな。……さて、そっちはどうだ？」

理沙は矢代の顔をちらりと見たあと、硬い表情のまま国木田に答えた。

「ほぼ同じ状況です。私たちの追う事件に、滝口政志さんが関わっていると思われます。それで急遽《きゅうきょ》、ここへやってきました」

「ということは、おまえも俺も、滝口をずっと監視していたわけじゃないということか。俺がここへ来たのは三十分ほど前だ。奴が帰ってくるのを待っていたんだよ」

なるほど、と理沙はうなずいている。その横で矢代は口を開いた。

「あの……周辺で聞き込みはしたんですか？」

「いや、していない」国木田は首を左右に振った。「今、下手に動いて、奴の耳に入ったらまずいと思ったんでね」

矢代は腕時計を見てから、理沙のほうを向いた。

「このあとどうします？」

「滝口さんが仕事から帰ってくるのを待ちましょう。場合によっては同行してもらう必要もあるだろうし」

「おいおい、待ってくれよ」国木田が怪訝《けげん》そうな表情を浮かべていた。「勝手なことをされちゃ困る。うちの特捜だって、滝口から話を聞きたいんだ」

「目的は同じですよね？」理沙は彼に尋ねた。「とにかく今は、滝口さんに接触することが最優先です。ここで私たちが揉《も》めているのを見つけたら、彼は逃げ出すかもしれません」

「だから、よけいなことをしないでくれと言ってるんだが」

「まずは滝口さんと会って、そのあとどちらの特捜が先に話を聞くか、上に判断してもらいませんか」

「上というと、捜査一課長か」

「国木田さんの八係も、私たち文書解読班も、同じ捜査一課に所属しているんです。課長に判断していただくのが一番でしょう」

「まあ、それはそうだ」

国木田も納得して、話はまとまった。

理沙はメモ帳を開いて何か書き込み始めた。国木田は運転席でフロントガラスの向こうを見つめていたが、じきにこちらを振り返った。

「鳴海、いつまでここにいるんだ。もう自分たちのところへ戻れよ」

「え？　あちこちで見張っていたら目立つかなと思って……。目的が同じなんですから、ここで待たせてくださいよ」

「おまえ、図々《ずうずう》しいなあ」

「ここは呉越同舟でいきましょう。問題ありませんよね？」

「まったく、今日はとんだ厄日だな」

そんなことを言って、国木田はため息をついた。

それきり理沙も国木田も黙り込んでしまった。捜査の話が出るわけでもなく、雑談が始まるわけでもない。居心地の悪さを感じながら、矢代は窓の外を見ていた。

と、そこへ携帯電話が振動した。矢代はポケットから携帯を出して液晶画面を確認する。相手は四係の川奈部主任だった。

「はい、矢代です」

「川奈部だ。古賀係長からの指示で電話した。倉庫番……いや、矢代。おまえと鳴海さんは滝口政志のマンションにいるんだよな？」

「はい。外で出入り口を監視しています」

「気の毒だが、そこに滝口が戻ることはないと思うよ」

「え？　どういうことですか」

「滝口の友人に当たった捜査員から、今連絡があった。滝口は夕方会社を出たあと、その友人に電話したそうだ。何日か家に泊めてくれないかと頼んできたらしい。それは無理だと断られて、滝口は電話を切った。何か落ち着かない様子だったというから、たぶん警察の動きに気づいたんだろう」

「本当ですか……」

思わず矢代は眉《まゆ》をひそめた。滝口が行方をくらます気になったのだとしたら、その理由を作ったのは自分と理沙かもしれない。聞き込みのとき失言はしていないはずだが、刑事が訪ねてきたことで、彼は逃亡を決意したのではないか。

「さらにまずいことがあってな」川奈部は続けた。「三十分ほど前、車に乗っていた男が運転を誤って歩行者を撥《は》ねた。そのまま逃走したんだが、目撃者からナンバーを聞いて照会したところ、運転していたのは滝口だとわかった」

「車で遠くへ逃げようとしたんでしょうか？　その途中で事故を……」

「わからない。仕事で疲れていたから、単に不注意で事故を起こしたのかもしれないが、とにかく奴は逃走した。車は個人所有のもので、普段から営業で使っていたらしい。今、手配をかけて捜しているところだ」

そこまで騒ぎが大きくなってしまっては、川奈部の言うとおり、滝口はマンションに戻ってこないだろう。

「我々はこのあと、どうしましょう」

「古賀係長が緊急で手続きしてくれた。これから書類を持った若い奴がそこへ行くから、滝口の部屋を調べてくれ。容疑は道交法違反その他だ。マンションの管理人にはもう連絡してある。必要なものは、部屋から借用してきてかまわない」

「あの、川奈部さん、課長の許可は得ているんですよね」

「岩下管理官経由で話は通っているはずだ。それがどうかしたのか？」

「いえ、なんでも……。この件、鳴海主任に伝えます」

そう言って矢代は電話を切った。

急に事態が動きだした。今の内容を理沙に伝えようとしたが、はっとして矢代は思いとどまった。

「主任、ちょっといいですか」

理沙とともに面パトから降りる。こんなところで縄張り争いはしたくないが、組織の問題は思ったより複雑だ。国木田に聞かれないよう、矢代は小声で電話の件を報告した。

さすがに理沙も驚いたようだ。

「滝口さん……いえ、滝口政志がそんなことを？」

彼女は数秒考えたあと、国木田が座っている運転席の窓をこつこつと叩《たた》いた。

いぶかしげな顔で国木田はウインドーを下げる。彼に向かって理沙は言った。

「今、四係の古賀係長から連絡がありました。滝口政志が逃走を図って、車で事故を起こしたそうです。上からの指示で、私たちはこれから滝口の部屋を調べます」

「は？　なんだと……」

「四係と文書解読班で部屋に入ります。申し訳ありませんが、国木田さんは遠慮していただけますか」

「それはないだろう」国木田は眉間《みけん》に皺《しわ》を寄せて、理沙を睨んだ。「滝口は、こっちの事件にも関わっている可能性があるんだぞ」

「あとで情報共有してもらえるよう頼んでみます。調整は上にお願いしましょう」

「おい、待てよ鳴海」

「ごめんなさい。待てません」と理沙。

矢代は後部座席のドアを開けて、坂本を呼んだ。理沙を先頭にして、三人はマンションのエントランスに向かった。


特捜本部からの応援人員と合流したあと、管理人に鍵《かぎ》を開けてもらった。

矢代たちは照明を点《つ》けて一〇三号室に入っていく。外見から想像できるように、部屋の内部も洒落《しゃれ》た造りだった。間取りは2LDKでそれほど広くないが、壁のクロスも家具もセンスがいい。男性のひとり暮らしにしては、かなり整理整頓《せいとん》されていた。

理沙の指示で矢代たちは室内を調べ始めた。滝口が使っていたノートやメモ、古い手帳などを探す。壁際のデスクに新型のノートパソコンが置かれていた。矢代が電源を入れてみたが、あいにくパスワードがわからず、ログインできなかった。これはあとでじっくり調べなければならない。

四十分ほどで部屋を調べ終わり、ノート類やパソコンを借用していくことにした。

管理人に礼を述べて、矢代たちは一〇三号室を出る。マンションのエントランスに行くと、国木田が仏頂面で待っているのが見えた。

「どうだった。逃走先の手がかりはつかめたのか」

「まだ何とも……」理沙は首を横に振った。「預かった品は練馬署で調べます」

「ふん。あとで情報をよこせよ。約束を破ったら、ただじゃおかないからな」

「わかりました。古賀係長に伝えておきます」

国木田に頭を下げて、理沙はマンションの敷地から出た。矢代たち三人は紙バッグや段ボール箱を持って、彼女のあとを追った。

6

夜の捜査会議が終わったあと、文書解読班の打ち合わせが行われた。

メンバーは財津係長、理沙、矢代、夏目、そして科学捜査係IT担当の谷崎だ。理沙は財津係長に状況を報告した。財津はハンカチを取り出し、眼鏡のレンズを拭《ふ》きながらそれを聞いている。

「先ほどの捜査会議でも話が出ましたが、滝口政志の指紋の件です」理沙は資料を見ながら言った。「滝口の家で指紋を採取したところ、藤原さん宅で見つかった計画メモの指紋と一致しました。また、メモの筆跡も滝口のものだとわかりました。これらの事実から、滝口が犯行計画のメモを書き、藤原さんを殺害した可能性が高いと思われます」

理沙の報告を聞き終わると、財津は元どおり銀縁眼鏡をかけた。

「滝口政志のマンションで八係の国木田に会ったんだって？」

「はい。国木田さんもちょうど、滝口を監視し始めたところだったそうです」

「まあしかし、国木田は単独行動をとっていたんだよな。つまりあれは、八係が決定した捜査方針ではなかった。波多野《はたの》係長の顔に泥を塗ったことにはならない」

「ですよね。安心しました」

ふたりはうなずき合っている。矢代は財津に尋ねてみた。

「財津係長もその国木田という人をご存じなんですか」

「知ってるよ。科学捜査係から特捜に人を出すことは多いからな。鳴海がまだ所轄の刑事だったころにも、一度特捜本部で会っている」

「どんな人なんです？　見た目には、融通の利かない一匹狼という感じでしたけど」

「うん、だいたいそれで合ってる」財津の口元に微笑が浮かんだ。「昔、ある事件で怪我をして以来、他人が信用できなくなったらしい。だからひとりで動きたがる。ちょっと癖のある奴だ」

歳は四十一だというから、四係の川奈部よりひとつ下だ。

「なんとなく川奈部さんと近い雰囲気があるな、と思っていたんですが……」

「ああ、そうかもしれない。でも性格はまったく逆だよ。川奈部は一見して穏やかだし、古賀係長の右腕として、自分の立場をわきまえている。和を尊ぶという感じかな。それに対して国木田は……まあ、ああいう奴だ」

財津の言い方からすると、おそらく国木田は上司とうまくいっていないのだろう。警察組織の中にも、たまにそういう刑事がいることを矢代は知っている。おそらく出世はできないタイプだ。

「国木田のことは俺から課長に話しておくよ。鳴海たちは気にせず、自分の仕事を進めてくれればいい」

財津がそう言ってくれたので、矢代たちは頭を下げた。浮き世離れした印象の人だが、やるべきことはやってくれる。じつは財津は切れ者らしいと、理沙からも聞いていた。

「では打ち合わせの続きをしましょう」

理沙がペンを取り、これから為《な》すべきことをノートに整理していった。

- □練馬事件
  - □藤原達治関連
    - □預かり品の調査
      - □ノートパソコン
      - □ノート・メモ類
      - ■レシート類　★ＩＳＯ９０００関連書籍を発見
      - ■スクラップ
    - □計画メモ

- □オードブル皿
- □ISO9000と事件の関係
- ■北鋭電機　★聞き込み済み
- □切り貼り文「ゆにぞんころすげきやくしたい」
- □滝口政志関連
  - □預かり品の調査
    - □ノートパソコン
      - □ログイン
      - □データ確認
    - □ノート・メモ類
    - □スクラップ

　これは以前、財津係長から教えてもらったタスク管理表だ。未実行の項目は白い四角で記し、解決済みの項目は黒い四角にする。これで作業の進捗《しんちょく》を確認することができる。

　理沙は項目を指差しながら言った。

「藤原さんのノートパソコンを確認する作業には、まだ時間がかかりそうですか？　夏目さん、どうでしょう」

「もうしばらくかかりそうです。そうだよね、谷崎くん」

夏目が尋ねると、谷崎は眼鏡のフレームに指先を当てながらうなずいた。

「テキストデータと文書作成ソフト、表計算ソフトのデータはほぼ確認できました。画像データは検索できないので夏目さんに見てもらっていますが、まだ作業が必要です。僕のほうではキャッシュやログ、そのほか、もう少し深いところを調べています。時間はいくらあっても足りないぐらいです」

「大変だとは思うけど、とりあえず明日《あした》の夜までに一段落させてもらえますか」

理沙に言われて、谷崎はまばたきをした。

「明日いっぱいですか？　いや、完璧《かんぺき》に調べようとしたら、あと五日はかかると思うんですけど」

「そこまで時間の余裕はないんですよ。次の仕事がありますから」

理沙はノートに書いたタスク管理表を指差した。

「今日、滝口政志のノートパソコンを持ってきました。パスワードがわからないので科学捜査研究所に解析してもらいますが、ログインできるようになったら、すぐ夏目さんと谷崎さんにデータを調べてほしいんです」

谷崎が困った顔をしている横で、夏目が口を開いた。

「わかりました。なんとかします。大丈夫だよね、谷崎くん」

「そ……そうですね。頑張ります」

谷崎も苦労しているようだな、と矢代は思った。夏目には逆らえないという様子が伝わってくる。

　財津係長がタスク管理表に手を伸ばした。

「話の続きだが……。藤原達治が調べていた北鋭電機と、ＩＳＯ９０００関係の本も気になるな。ちなみにさっき調べたら、北鋭電機はＩＳＯ９０００シリーズを取得していたよ。あれだけ大きな企業だから当然だけど」

「そして新聞の切り貼り文と、計画メモですね」理沙はノートの項目を指差した。「特にメモのほうは、次の事件の予定を記したものかもしれません」

「第二の事件が起こるということか。捜査会議で、古賀さんは懐疑的だったけどなあ。手がかりが少ないから、仕方ないんだが……」

　財津係長は椅子に背をもたせかけた。それを横目で見ながら理沙は言う。

「それらについては、このあと私と矢代さんで調べます。……矢代さん、残業させてしまってすみませんが、手伝ってもらえますか？」

「ええ、もちろん」矢代はうなずいた。「ちなみに、残業に関しては鳴海主任じゃなくて、財津係長の責任だと思いますけどね」

「え……俺か？　うん、まあ、そうだよな」財津は咳払《せきばら》いをした。「悪いが、今は捜査の初期だから少し無理してほしい。我々が情報をすくい上げれば、それをもとに四係が動いてくれる。事件が早期解決できるかどうかは、我々の調査にかかっているんだ。そのことを忘れずに頑張ってくれ。……といったところでいいのかな、鳴海」

「管理職らしいお言葉、ありがとうございます。ではそういうことで、みなさん仕事にかかってください」

はい、と夏目、谷崎が答えた。矢代は黙ったままうなずき、財津は満足そうな顔で部下たちを見回している。

と、そこへ女性の声が聞こえてきた。

「文書解読班のみなさん、捜査は進んでいるんですか？」

はっとして矢代は顔を上げた。近くを通りかかった岩下敦子管理官が、冷たい目でこちらを見ている。財津をはじめとして、理沙も矢代も表情を引き締めた。

「鋭意、作業を進めております」みなを代表して財津が答えた。「そうだよな、鳴海」

「あ……あの、はい。これから、その……滝口政志のノートパソコンを……調べるところです」

理沙はしどろもどろになっていた。また、例の女性恐怖症が出たようだ。

「パソコンの調査？　それはあなたたちの仕事なんですか？」岩下は真顔で尋ねてきた。「あなたたちは文書解読班でしょう。今回、財津係長がパソコン担当を連れてきたらしいけれど、鳴海さん、自分たちの役目が何なのかわかっていますか？」

「あの……パソコンの中に、文書に関わるデータが隠されている可能性もありますので……。現にその……藤原さんのパソコンから、不審な切り貼り文の画像が見つかりまして……」

「あら、そう」岩下は理沙から財津に視線を移した。「でも財津係長、文書解読班はこれでいいんですか？　最初にあなたが部署を作ったときの趣旨と、ずいぶん違っているのでは？」

挑戦するような目で睨《にら》まれ、財津はひとり戸惑っている。だが少し考えたあと、彼ははっきりした口調で言った。

「管理官、この部署の仕事は、文書を読み解くことだけではありません。文字や文章、ひいては言葉全般を扱い、そこに隠された意味を探るのが我々の任務です。鳴海たちの分析力は、文書解読という狭い範囲にとどめるべきではないと私は考えています」

「矛盾していませんか？　文書解読班という名前を付けたのはあなたですよ」

「ああ……。実態に合わなくなれば名前を変えますよ。組織は生き物ですからね」

岩下は眉《まゆ》をひそめ、たっぷり五秒ほど財津の顔を睨《にら》んだ。

「いつまでも、のんびりしていられては困ります。全員、緊張感を持ってください」

そう言うと、岩下は去っていった。

理沙はほっとしたようだ。財津は腕時計に目をやってから顔を上げた。

「さてと、打ち合わせはこれで終わりだな」

「そうですね」気を取り直した様子で、理沙はみなに呼びかけた。「それぞれ、作業を始めてください。誰にも文句を言われないよう、きちんと結果を出しましょう」

はい、と夏目・谷崎組が答えた。彼らは早速、作業に取りかかった。

メモ帳に目を落として、矢代はこれからの捜査方針について考えた。

矢代と理沙が担当するアナログな捜査。夏目と谷崎が担当するデジタルな捜査。そのふたつを組み合わせなければ、この事件の真相は解明できないように思う。財津係長の見込みは正しいはずだ。

――ノートやメモ、パソコン。その中にどんな情報が隠されているのか。

それが捜査に役立つ情報であることを、矢代は祈った。

第三章　失火

1

翌九月十六日、午前九時十五分。

朝の会議のあと、ほとんどの刑事は捜査に出かけた。地取り、鑑取り、証拠品捜査など、それぞれの役割分担に従って今日も活動する。そろそろ何か大きな手がかりがほしいと、みな思っているはずだった。

そんな中、矢代は講堂に残って滝口政志のノートを調べていた。昨夜は午前三時ごろまで作業を行い、今はその続きを進めているところだ。

几帳面《きちょうめん》な性格だったのだろう、滝口の字は「とめ」や「はらい」がしっかりしていて読みやすい。友人、知人の名前が見つかるたび、矢代はそれをメモしていった。

夏目と谷崎のコンビは、引き続き藤原のパソコンを調査している。

数時間それぞれの組で作業を続けたが、これといった発見はなかった。みな疲れてきて雰囲気が重くなっている。理沙は何か考えていたが、明るい調子で部下たちに声をかけた。

「少し早いですけど、みんなでお昼を食べに行きませんか。夏目さんも谷崎さんも、お腹がすくと作業効率が悪くなるでしょう」

「あの、主任」矢代は腕時計を見た。「まだ十一時過ぎですけど、いいんですか」

「私が許可します。昨日からみんな根を詰めて、疲れているんですよ。美味《おい》しいものを食べて、気分を変えないとね」

夏目も谷崎も気乗りしない様子だったが、行きましょう行きましょうと理沙に促され、ふたりとも立ち上がった。

タクシーで二十分ほど移動し、矢代たちは阿佐谷《あさがや》にやってきた。

なぜこんな場所に、という顔で谷崎は辺りを見回している。矢代と夏目は、すでに理沙の考えを察していた。阿佐谷といえば目的地はあそこだろう。

理沙は駅のそばのコンビニに入り、部下たちに言った。

「好きなお弁当と飲み物を選んでください。ここは私が奢《おご》ります」

「主任、大丈夫ですか」矢代は彼女にささやきかけた。「俺の分は払いますよ」

「いえ、こういうときは上司が出すものです。そうでないと、無理やり連れてこられた気分になってしまうでしょう?」

ご馳走《ちそう》されても、無理やり連れてこられた気分は変わらないのでは——。矢代はそう思ったが、今は黙っていることにした。

「ほらほら、遠慮しないで」

などと言いながら、理沙は夏目や谷崎を弁当の棚に誘導する。三分ほどで矢代たちが買うものを選ぶと、理沙が代金を払ってくれた。

「主任、ありがとうございます。……あ、私、持ちますから」

夏目はレジ袋を受け取る。それを見て谷崎も軽く頭を下げた。

コンビニから七分ほど歩いたところに、古い二階建ての家があった。一階のガラス戸の中は店舗になっている。看板には味わい深い字で《文具・書道用品　芳華堂《ほうかどう》》と書かれていた。

理沙はガラス戸を開け、中に向かって呼びかけた。

「こんにちは、鳴海です。お邪魔しますね」

売り場には筆や硯《すずり》、文鎮、そのほか書道関係の本や雑誌が並んでいた。初心者用から上級者用の品まで数多く揃えてあったが、店内に客の姿はない。

「書道用品店なんて、初めて来ました」谷崎は小声で言った。「矢代先輩、ここ、商売になってるんでしょうか」

「何度かこの店に来たけど、客がいるところは見たことがないよ」

谷崎は神妙な顔で、売り場を見回している。

レジカウンターの向こうに畳敷きの部屋があった。理沙は靴を脱いで、遠慮なく上がっていく。

「先生、来ましたよ」

部屋の奥に、作務衣《さむえ》を着た男性の背中が見えた。壁際に文机《ふづくえ》があり、それに向かって墨をすっているところだ。

理沙の声を聞いて、その男性はゆっくりと振り返った。見事な白髪で、歳は七十歳を超えているだろう。表情には知的な雰囲気がある一方、頑固そうな印象も強い。

彼は顔をしかめて理沙に言った。

「誰かと思えば鳴海か。騒がしい奴だな」

「まあまあ、そうおっしゃらずに……」

「おまえ、またここで弁当を食うつもりか。何度も言うが、うちは休憩所じゃないぞ」

「休憩所だなんて思っていませんよ」理沙は微笑を浮かべた。「ここは心の拠《よ》り所です」

「何が拠り所だ。おまえの心は寄り道ばかりじゃないか」

理沙は矢代たちに声をかけ、手招きをした。

「さあ、みんな上がって上がって。お弁当を食べましょう」

お邪魔します、と言って矢代も靴を脱ぐ。夏目、谷崎もあとに続いた。

理沙は卓袱台《ちゃぶだい》のそばに部下三人を座らせた。それから、不思議そうな顔をしている谷崎に、老人を紹介した。

「こちらは遠山健吾《とおやまけんご》先生。私の学生時代の恩師です」

遠山は手ぬぐいで手の汚れを落としたあと、卓袱台のほうを向いた。

「どうも、ご無沙汰《ぶさた》しています」と矢代。

「その節はありがとうございました」と夏目。

うむ、と鷹揚《おうよう》にうなずいたあと、遠山は谷崎に目をとめて怪訝《けげん》そうな顔をした。

「おい鳴海、まさか、また部下が増えたのか？」

「彼は谷崎廉太郎くん、科学捜査係のメンバーです。今回だけ、私たちと一緒に捜査することになりました」

「なんだ、そうか。ほっとした」遠山は谷崎に話しかけた。「あんたも大変だな。一時的とはいえ、鳴海の下で働くんじゃいろいろ不満があるだろう」

「いえ、不満なんてそんな……」

「休み時間の雑談だ。鳴海は聞いていないと思うから、話してみなさい」

そんなことを言って、遠山はいたずらっぽい目で理沙を見た。理沙は顔をしかめている。

それには気づかず、谷崎は考えながら話し始めた。

「不満というわけじゃないんですが、できればもっと捜査らしいことをしたいと思っていて……。ＩＴ系の犯罪捜査といっても、今はパソコンを調べているだけですから」

「この仕事は面白くないかね？」

「面白くないというか……地味なんですよね」

もしかしたら、と矢代は思った。谷崎はドラマに出てくるハイテク捜査班のような仕事を期待していたのかもしれない。ああいうフィクションに比べたら、今の作業はたしかに地味だろう。

廊下のほうから足音が近づいてきた。カーディガンを着た女性が、襖《ふすま》を開けて顔を覗《のぞ》かせた。

「あら、鳴海さんたち来てたのね」

彼女は遠山の妻、時枝《ときえ》だ。髪を栗色に染めている。

「これからお弁当？　じゃあお茶を淹《い》れてきましょうか」

「いえ、奥さん、大丈夫です」理沙は慌てて答えた。「飲み物は買ってきていますから、どうかおかまいなく」

「まあでも、ちょっと用意してくるから、遠慮せずにね」

時枝は廊下を戻っていった。

理沙たち四人は弁当を食べ始めた。いつも以上に理沙が気をつかって、夏目や谷崎に話しかけている。矢代もそれにつきあい、場の空気を温めようとした。食事を終え、時枝の淹れてくれたお茶を飲む。やがて理沙はバッグから捜査資料のファイルを取り出した。

「遠山先生、ちょっとご相談したいことがあるんですが」

「なんだ、また事件の話か。……そっちの彼が、びっくりしているぞ。捜査資料を一般市民に見せていいのかってな」

そう言いながら遠山は谷崎の顔をちらりと見た。谷崎は眼鏡のフレームに指を当てたあと、こう答えた。

「たしかに驚いています。鳴海主任、守秘義務の問題は大丈夫なんですか」

「ああ、谷崎くんは知らないだろうけど……」横から夏目が口を挟んだ。「この遠山先生は、昔から警察に協力してくれているの。前に私が捜査した事件でも、先生のアドバイスでずいぶん助けられたんだから」

「そうなんですか……」

感心したという顔で、谷崎は遠山の様子をうかがっている。

理沙は卓袱台の上にコピー用紙を広げた。

「いくつか気になっていることがあります。まず、ひとつ目。あるパソコンの中に便箋《びんせん》の写真が保存されていて、それが犯罪がらみのように思われるんです」

彼女が差し出した紙には「ゆにぞんころすげきやくしたい」という切り貼り文がコピーされている。遠山は老眼鏡をかけて文面を読んだ。

「端的に言って、これは脅迫状じゃないのか？」

「ですよね。これらの文字は東陽新聞から切り抜かれたものです。ここにユニゾンという言葉があるんですが、何を指すかわかりますか？」

「ユニゾンといったら音楽用語か。でもここで音楽の話は出ないだろうなあ。ユニゾンのように一体になったものを壊すということかな」

「最後に死体が出てきます。となると、誰かを殺すという意味ですよね」

「劇薬でおまえを殺す、死体にしてやる、ということか」

「でも実際には、ロープで首を絞める方法で殺害されているんです」

「すると何か？　毒殺するぞ、せいぜい気をつけろ、と言っておいて実際は首を絞めたのか。なんとも乱暴なやり方だ」

「あえて嘘をついたんでしょうか。まったく別の殺害方法を予告することで、被害者を混乱させたとか？　だとすると、この脅迫状は思いつきで作っただけなんでしょうか」

「とはいえ、この文章から何かわかるかもしれない。ユニゾンや劇薬という言葉に、犯人の特徴が隠されているんじゃないか？　それこそ、鳴海の好きなメンタル・レキシコンに関わっている可能性がある」

その言葉には聞き覚えがあった。矢代は記憶をたどってから首をかしげた。

「鳴海主任、メンタルなんとかって、たしか前に聞きましたけど何でしたっけ」

「メンタル・レキシコン……心的辞書のことです。人間の心の中には辞書があって、無意識のうちにそこから言葉を選び出し、口にしたり書いたりします。当然のことながら、心的辞書に載っていない言葉は使えません」

「つまり……」遠山は紙を指差しながら言った。「新聞の切り抜きをするといっても、もとの文案は紙に書くなり何なりして考えたに違いない。そのとき作成者は、無意識のうちに自分の心的辞書を検索したはずだ」

「たしかに、そうですね。この脅迫状から作成者の心的辞書を想像すれば、人物像が浮かんでくるかもしれません。そこから作成者にたどり着けるかも……」

理沙はメモ帳に何か書きつけたあと、別のコピー用紙を取り出した。

「それから、犯行を計画しているようなこのメモ。現場に落ちていたんですが、何かわかりませんか」

遠山はメモのコピーを見つめたが、じきに首を横に振った。

「事件を起こす予定ということか？　こんな大事なものを、犯人が現場に落としていくだろうか」

彼は古賀係長と同じようなことを言った。たしかに、警察にとってかなり都合のいいヒントに見える。そこに作為を感じるのは自然なことだろう。

「犯人がそれを見せて、被害者を脅した可能性はないでしょうか。俺はこんな計画を立てているんだぞ、と」

「そんな、子供みたいな脅し方はしないと思うぞ」

「そうですか……」理沙は渋い表情でひとり考え込む。

奥へ戻っていた時枝が、盆を持って部屋に入ってきた。

「梨を剝《む》いたんですよ。よかったらどうぞ」

「あ、僕、梨が大好きで……」そこまで言ってから、谷崎は夏目の様子をうかがった。

「ええと、先輩、いただいてもいいでしょうか？」

「え……。なんで私の許可を得ようとするの？」

夏目が不思議そうに言うのを聞いて、時枝が笑っていた。

「遠山先生、あとはですね……これはどうでしょう」

理沙は三枚目の紙を卓袱台《ちゃぶだい》に置いた。そこにはＩＳＯ９０００シリーズの書籍と、現場の写真が何枚かプリントされている。

「これは被害者の部屋か。……テーブルの上にあるのは何だ？」

遠山が指差しているのは、居間のローテーブルに置かれた四角い皿だ。

「ああ、それ、オードブル皿です。なぜそこにあったのか、わからないんですけどね。被害者は七十五歳の男性です。奥さんを亡くして、ひとり暮らしでした」

「わしより、ひとつ上か」

「七十代の男性がこういうオードブル皿を買うとしたら、目的は何だと思います？」

「急にそう言われてもな……」遠山はまばたきをした。「しかし気になる皿だ。少し考えてみるから時間をくれ。何かわかったら連絡する」

「よろしくお願いします」

理沙は頭を下げた。捜査が行き詰まっている今、どんな小さなことでも手がかりがほしい、と考えているようだ。

「ところで、その被害者の奥さんは病気か何かで？」と遠山。

「いえ、五年前に火事で亡くなりました」

そうなのか、と言って彼は軽くため息をついた。

「気の毒なことだ。旦那《だんな》さんは、もっと奥さんを大事にすればよかったと、後悔していたかもしれないなあ」

「あら、だったら私も大事にしてくださいよ」

横から時枝が口を挟んできた。遠山は目を逸《そ》らして咳払《せきばら》いをしている。

「その奥さん、どんな方だったのかしら」

時枝に訊《き》かれて、矢代は手元のメモ帳を開いた。

「明るい方だったようですよ。市民サークルで歌やお芝居をする一方、裁縫やキルトの趣味もあったみたいで」

「あら、私もパッチワークキルトが趣味なのよ」時枝は嬉《うれ》しそうな顔になった。「布に図案を描き写すのが大変でね。専門のテーブルを使うと楽なんだけど、『そんなもの、いらないだろう』ってこの人が言うものだから……」

「趣味ごときに金をかける必要はない」遠山は不機嫌そうな声を出す。

「でもあなた、あのテーブルを使うと賞状も書けるんですよ。裏から透かして、誰でもうまい字が書けるの。あなたにも便利じゃない？」

「ば……馬鹿を言うな。こう見えても、わしは書道家だぞ」

「自称、書道家でしょ」

時枝は含み笑いをしている。目に見えて、遠山の機嫌が悪くなった。

「わしは昼寝をする」

遠山は立ち上がると、廊下へ出ていってしまった。

練馬署に戻って、矢代たちは調査を再開した。

遠山夫妻のおかげで、夏目と谷崎には共通の話題ができたらしい。ふたりの間の雰囲気がよくなっていた。メリハリがついて、仕事への集中力も高まったようだ。

作業を続けるうち、特捜本部に来客があった。科学捜査研究所の研究員が、滝口政志のノートパソコンを持ってきてくれたのだ。

「ログインできました。ハードディスクのイメージは別のパソコンに保存してありますので、このまま自由に調査していただいてかまいません」

研究員の言葉を聞いて、財津係長は声を弾ませた。

「さすが科捜研、仕事が速いですね。すぐにデータを調べさせてもらいます。……谷崎、やってくれ」

「了解しました」谷崎はノートパソコンの電源を入れた。

矢代や理沙たちが見守る中、谷崎はパソコンの操作を始めた。彼は真剣な顔で液晶画面を見つめ、素早くマウスを動かしていく。画面表示がめまぐるしく切り替わる。

「最近使われたファイルを見つけました」谷崎は画面を睨《にら》んだまま言った。「文書ソフトで作成された、ごく普通のファイルです」

「タイトルは『常盤台《ときわだい》事件』か。何だろうな」と矢代。

「開きます」

谷崎がファイルのアイコンをクリックするとソフトが動きだし、文書が表示された。

タイトルや文章は書かれていない。そこにはスキャナーで取り込んだか、デジカメで撮影したと思われる画像が大量に貼り付けられていた。どれも新聞や雑誌の記事だ。

「何かを調べていたのか？」財津が眉《まゆ》をひそめた。「その記事、拡大できるかな」

はい、と答えて谷崎はマウスを動かした。それは新聞の切り抜きをデータとして取り込んだものらしい。今から五年前の一月二十五日、東陽新聞の朝刊で、黒く焼け焦げた民家の写真が掲載されている。

「火災の記事です」谷崎が概要を説明してくれた。「前日、二十四日の午後六時ごろ、板橋《いたばし》区常盤台の民家から出火。藤原克子《かつこ》さん、六十八歳が焼け跡で発見されています。死因は一酸化炭素中毒。夫の達治さん、七十歳が外出している間のことでした。克子さんは体が不自由で寝ていたが、あとで調べたところ寝室の燃え方がもっとも激しかった。当時寝室には石油ストーブがあったことから、失火とみられる……」

谷崎は画面を下へスクロールさせた。次々出てくる記事は、どれも同じ火災に関するものだ。

矢代は黙ったまま理沙のほうを向いた。彼女もこちらを見て、こくりとうなずく。

「藤原さん夫婦のことですね。五年前に克子さんが亡くなった火災のことを、滝口政志がひそかに調べていた。なぜでしょう」

「滝口は藤原さんの甥《おい》ですから、関心を持ったとしてもおかしくはないですよね」

矢代がそう言うと、理沙はすぐに否定した。

「でも、ずいぶんたくさんの記事を集めていますよ。……これなんて、かなりマイナーな雑誌です。そこまで調べたというのは、ちょっと不思議な気がします」

たしかにな、と財津が言った。

「何か理由があって滝口が火災のことを調べていた、と考えるのが自然だろう。もしかしたら、この件があったから、滝口は藤原達治を訪ねていたのかもしれない」

九月七日の十七時十分ごろ、滝口は練馬の薬局前で藤原と会っている。防犯カメラの映像を見ると、約束していたというのではなく、道でたまたま出会ったという感じだった。いや、もともと滝口が訪ねてくる予定だったが、少し時間がずれて外出中に会う形になったとも考えられる。

「もしかしたら滝口は、藤原達治さんの殺害だけじゃなく、克子さんの死にも関係しているのでは……」

考えを巡らしながら矢代は言った。夏目が深刻な表情でこちらを向く。

「まさか、その火災を起こしたのは滝口だったということですか？」

「こうして記事を集めていたわけだから、滝口はその火災を気にしていたんだろう。どんなふうに報道されていたのか、知りたかったんじゃないかな」

「でも先輩、滝口が克子さんを殺害したのなら、その後、藤原達治さんを訪ねていたのはなぜです？」

「藤原さんを気づかうふりをして、殺害の機会を狙っていたんじゃ……」

矢代が言いかけると、理沙が慌ててそれを制した。

「今の段階で決めつけるのは危険です。ここは慎重に調べを進めるべきですよ」

「そうは言いますが、主任もただの失火だとは思っていませんよね？　誰かが放火したんじゃないかと疑っているんでしょう？」

「私には……まだ、わかりません」

理沙は歯切れの悪い返事をした。決めつけるわけにはいかない。だが限りなくクロに近いグレーだと考えているのではないだろうか。

「とにかく、もう少し詳しく見てみよう」財津係長が部下たちに命じた。「谷崎と夏目はこのパソコンのデータを調べてくれ。それから鳴海・矢代組は五年前の火災について情報を集めてほしい。……鳴海、それでいいかな」

「はい、すぐに取りかかります」理沙は表情を引き締めた。

滝口は過去、いったい何をしたのか。すべてを灰にしてしまった五年前の火災に、奴は関係あるのだろうか。

焼け跡のイメージが頭に浮かんできた。灰の上に残された、数多くの靴跡や轍《わだち》。そのはるか向こうに立っている男の影——。

逃走を続ける滝口の姿を思い浮かべながら、矢代は外出の準備を始めた。

2

「今、ときわ台の駅を通過しましたね。その先を左折です」

理沙のナビゲーションに従って、矢代はウインカーを左に出した。

それほど道が広いわけではないが、中央分離帯のあちこちに街路樹が立っていて、ゆったりした雰囲気がある。沿道の民家にも緑が多く、閑静な住宅街という印象だ。

午後一時五十分。矢代と理沙は特捜本部が用意してくれた覆面パトカーに乗り、板橋区常盤台にやってきた。

コインパーキングに車を停め、矢代たちは地図を見ながら歩きだした。歩道にはショッピングカートを押す高齢女性や、小さな子を連れた母親の姿などがある。

「ここですね」

地図帳から顔を上げて、理沙が言った。矢代は目の前に建つ民家を見上げる。

表札には《畑中《はたなか》》と書かれていた。丁寧に手入れされた庭木に囲まれた、白壁の家だ。雨樋《あまどい》や窓枠を見ても傷んだところがなく、出来てからまだ数年だろうと思われた。

理沙がチャイムを鳴らすと、インターホンから「はあい」と応答があった。女性の声だ。それを聞いて、理沙は身じろぎをした。一歩うしろに下がると、彼女は右手を伸ばして矢代の背中を押した。

「や……矢代さん、出番ですよ」

「ああ、はい、そうですよね」

仕方ないな、と思いながら矢代はインターホンに顔を近づけた。

「すみません、警察の者ですが、ちょっとお話を聞かせていただけませんか」

「警察？　何かあったんですか」

「いえ、そういうわけじゃありません。昔ここに住んでいた方について、少し……」

「あら、やっぱり事件のことじゃない？　今行きますから、お待ちください」

相手は慌てて受話器を置いたようだ。せっかちな性格なのかもしれない。

住人が出てくるのを待ちながら、矢代は隣に立つ理沙に話しかけた。

「岩下管理官はわかりますけど、一般の女性でも駄目なんですか？」

理沙は眉間《みけん》に皺《しわ》を寄せている。腰が引けているのがよくわかった。

「い……今の声、聞きましたよね。こんな立派な家に住んでいるし、たぶん人生の勝ち組ですよ。物怖じしない、お喋り好きな女性は、私がもっとも苦手とするタイプです」

これで今まで、よく警察官が務まったものだと矢代は感心してしまう。

――いや、務まっていなかったから、倉庫番に回されたのか。

人間には向き不向きというものがあるのだ。

ドアが開いて、四十代前半と思われる女性が現れた。髪を茶色に染め、パーマをかけている。人は悪くなさそうだが、大きな目で相手を観察する癖があるようだ。それがまた理沙を萎縮《いしゅく》させたようだった。

「警察の人？　刑事さん？」

遠慮のない声で畑中は尋ねてきた。理沙が黙り込んでいるので、ここでは矢代が情報収集せざるを得ない。

「警視庁の矢代といいます」警察手帳を相手に呈示した。「畑中さんは、こちらに住むようになってから何年ぐらいですか」

「三年ちょっとですね。それまでは駅の向こうのマンションにいたんだけど、この土地が見つかったものだから思い切って買ったんです」

「五年前、ここに建っていた家で火災があったというんですが……」

「ええ、そうらしいですね」畑中はうなずいた。「家が全焼しちゃって、ひとり亡くなったんですよ。お気の毒ですけど、そのせいで土地が安くなってね。うちは主人も私もそういうのは気にしないから、安く手に入るんならありがたいと思ったんです」

理沙が予想したとおり、畑中はかなり話し好きのようだ。水を向けると、過去の出来事をいくらでも話してくれた。

「亡くなった方のこと、何かご存じですか」

「直接は知らないんですけど、ここに越してきたあと近所の方から話を聞きました。藤原さんっていったかしら。その一年前に奥さんが脳梗塞《のうこうそく》を患って、あまり起きられない状態だったみたいです。旦那《だんな》さんは定年退職して、ふたりで家にいることが多かったとか」

「火災が起こったのは五年前の一月二十四日、十八時ごろでした」矢代は質問を続けた。

「出火原因はお聞きになりましたか？」

畑中は斜め上に目をやって、記憶をたどる表情になった。

「たしか、旦那さんが買い物に出ている間に火事が起こったんですよね。奥さんの寝ていた部屋から火が出たらしいって聞きました。ストーブから何かに、火が燃え移ったんじゃないかしら」

「いったい何に燃え移ったんでしょう？」

「さあ」畑中は首をかしげた。「お年寄りだから寒がって、布団のそばにストーブを持ってきていたのかも。そうでなければ……ああ、昔うちでも危ないって思ったんですけど、鴨居に物干し竿《ざお》をわたして洗濯物を干していたんですよ。それが落ちたことがあってね。もしその下にストーブがあったら火事になるよって、主人と話したのを覚えています」

「ああ、たしかにそれは危ないですね」

「でも古い家だと、そういうこともあると思うんですよ。私も、前に住んでいたマンションが本当に窮屈でね、収納は少ないし、洗濯物を干す場所もあんまりないし、困っちゃって」畑中は理沙のほうを向いた。「そういうの、あなたもわかるでしょう？」

急に話しかけられて、理沙はぎくりとしたようだ。

「あ……はい。いえ、私はあの、乾燥機を使っていまして」

「あら、いいわねえ。うちも買おうかどうしようか迷っているんだけど、あれ、どう？　大きい乾燥機でないと、容量が少なくて何度も使うことになっちゃうでしょう。時間がかかりそうよねえ。音は？　振動は？　電気代も気になるわよね」

「あ……あの……ええと」

矢継ぎ早に質問され、理沙はしどろもどろになっている。

「主任、大丈夫ですか？」

矢代がそう尋ねると、何かが吹っ切れたように、突然理沙は早口で喋《しゃべ》りだした。

「一回の洗濯物が三キロぐらいでしたら、容量四キロの乾燥機でいいのではないでしょうか。うちで使っているものだと、音や振動は洗濯機ほど大きくありません。時間はどうしてもかかります。量によりますが一時間から二時間ぐらい。でも一番気にすべきなのは、毎回使い終わったあと繊維のくずが出ることです。これをきちんと掃除しなければいけないので、それが面倒といえば面倒なわけでして……」

黙り込んでしまうか、あるいは相手に喋る隙を与えないよう早口になってしまうのだ、と理沙は前に教えてくれた。今まさにそれが目の前で起こっているわけだ。

本当に、これでよく警察官になれたものだと思ってしまうが、彼女の家は祖父が警察官だったらしい。そんなこともあって警視庁の採用試験を受けた結果、鳴海理沙という捜査員が誕生したのだ。

いるうち、理沙の顔色が悪くなってきた。もっと聞き込みに慣れてほしい
らも、そろそろ限界だろうと感じて、矢代は助け船を出した。

「乾燥機の話はそれぐらいにして、畑中さん、もう少しうかがってもいいですか。藤原さんご夫婦について、何か噂を聞いたことはなかったでしょうか」

畑中は理沙から矢代へと視線を移した。

「ええと、そうですねえ、近所の人から聞いたところでは、旦那さんはかなり几帳面《きちょうめん》な性格だったみたいです。奥さんはおっとりしていたから、夫婦喧嘩《げんか》はなかったとか」

そういえば藤原は細かいことを気にする性格で、職場でも軋轢《あつれき》が生じていたという。

「ご近所と揉《も》めていたようなことは？」

「それはなかったと聞いていますけど……」

「そのほか、特に覚えていることとか、気になることとかありませんかね」

しばらく畑中は考え込んでいたが、やがて何かを思い出したようだ。

「火事とは関係ないかもしれないんですけど、今年の一月だったかしら、防犯カメラに変な男の人が映っていたんです。あとでよく調べたら、うちの周りを何度も回っていたみたいでね、一時間で三回も映っていました。庭を覗《のぞ》き込んでいるような姿もあって……。気持ち悪かったんで主人に詳しく調べてもらったら、その前の日にもうろついていたんですよ。その画像データはパソコンに保存してもらいましたけど」

これは気になる話だ。矢代は真顔になって畑中に尋ねた。

「その画像、見せていただくことはできませんか？」

「途中、よく映っているところを主人がプリントしてくれたはずです。警察に相談するほどじゃないと思っていたんだけど、今刑事さんに見てもらえたら私も安心だわ。ちょっと待っててくださいね」

畑中は踵《きびす》を返して、家の中へ戻っていった。彼女の姿が消えてから、矢代は理沙に問いかけた。

「やっぱり女性は苦手ですか。でも、夏目みたいなタイプは大丈夫なんですよね？」

「彼女は私を信頼してくれていますからね。もし夏目さんが、お喋りで押しの強い女性だったら……」理沙は顔をしかめた。「それは考えたくないですね」

夏目も異動してきたばかりのころは理沙に反発していたのだ。しかし理沙の力を認めて、今では慕うようになっている。そのころから理沙はチームとしての行動を意識し始めていたのかもしれない。

「お待たせしました」

畑中がＡ４サイズのコピー用紙を手にして、外へ出てきた。どうぞ、と言って矢代たちの前に差し出す。プリントされた男性をひとめ見て、矢代は声を上げそうになった。

――滝口政志じゃないか！

下のほうに防犯カメラの撮影日付が印刷されていたが、それは今年の一月二十四日だ。理沙もそれに気づいたらしい。

「五年前に火災があった日ですよね」理沙は眉《まゆ》をひそめた。「その日に彼がやってきた。わざわざ藤原さんの家があった場所を訪ねて、何か調べていたんでしょうか」

「あるいは、特別な日だから訪れたのか……」

そうつぶやいて、矢代はひとり考え込む。

「刑事さん、これ、知っている人なんですか？」

心配そうな顔で畑中が尋ねてきた。彼女にとってはかなり気になることだろう。

はっきり答えることは避けて、矢代は畑中にこう言った。

「この男は藤原さんを思い出して、ここに来ただけだと思います。とはいえ、気になりますよね。今後また見かけることがあれば、連絡をください」

矢代は特捜本部の電話番号をメモして手渡す。

そのほか、何か思い出したら遠慮なく電話してほしい。そう伝えて、矢代と理沙は畑中宅をあとにした。


近隣で聞き込みをしたが、藤原夫妻について気になる情報はなかった。

矢代たちは覆面パトカーに乗り込み、板橋警察署に移動した。板橋署は常盤台を管轄しているから、火災の捜査資料も残っているはずだった。

対応してくれたのは三十代と見える、坊主頭の男性巡査部長だ。彼に頼んで、五年前の火災について聞かせてもらった。

「これが見取り図ですね」巡査部長は資料を指差した。「出火元は寝室です。八畳の和室でした」

矢代たちは図面や焼け跡の写真を見つめた。部屋の西側に寄せて、布団が敷かれていたようだ。エアコンが取り付けてあり、壁際にはカラーボックス、液晶テレビ、DVDレコーダー、石油ストーブなどが置かれている。

「物干し竿はありませんでしたか」と矢代。

「え？」坊主頭の巡査部長は不思議そうな顔をした。「いや、ありませんが」

「布団からストーブまでの距離が近いですね」理沙がつぶやいた。「寝返りを打ったとき布団がストーブに触れて燃えてしまった、ということも考えられますね」

「藤原克子は部屋の隅、廊下の手前に倒れて死亡していました。寝ている間に火が出て、気がついたときには煙の中だったんでしょう。脳梗塞で起き上がるのも大変だったそうですから、逃げ出せなかったんじゃないかと……。気の毒な話ですよ」

理沙はしばらく考え込んでいたが、やがて現場の見取り図を見つめた。

「これは何ですか。テレビの横、壁際に『照明器具』とありますけど」

「ええと……プラスチックが溶けてしまっていましたが、薄いケースにガラスが嵌《は》め込まれていたようです。中にライトが入った照明器具だったと思います」

「なぜ床の上にあったんでしょう」

「奥さんが倒れてから、家の中はかなり散らかっていたようです。使わない家電や何かが、床に置いてあったんじゃないでしょうか」

なるほど、とつぶやいたあと、理沙は質問を続けた。

「焼け跡の写真を見ると、液晶テレビとDVDレコーダーも燃えてしまっていますね」

「ええ、ストーブから近い場所でしたので」巡査部長はうなずいた。「夫は、悔やんでいただろうと思いますよ。自分が出かけるとき、ストーブを消していけばよかった、とね。寒くないようにと気づかったのが、かえってよくなかったわけです」

理沙は資料のページをめくっていたが、そのうち何かに気づいた様子で顔を上げた。

「奥さんが亡くなって生命保険金が下りていますね。千五百万円……」

「亡くなる前、急に契約したわけではないようですが……」矢代は資料を指でなぞった。

「保険に入ったのは奥さんが五十歳のときです」

「保険金目当ての殺人、という線は自分も考えました」巡査部長は言った。「でもそれはないですよ」

「何か根拠があるんですか？」と理沙。

「夫にはアリバイがあります。出火したとき、藤原はスーパーで買い物をしていました。レシートの発行時刻からも、スーパーの防犯カメラからも、それは明らかです」

「そうですか……」

理沙にはまだ何か、気になることがあるようだ。しかしそれ以上は質問せず、ひとりで考え込んでいる。

そのとき、矢代の携帯電話が鳴った。失礼、と言ってポケットから携帯を取り出す。表示されているのは古賀係長の名前だ。矢代は手早く通話ボタンを押した。

「はい、矢代です」

「緊急連絡だ。今すぐ動けるか」

焦りがあるのだろう、古賀は早口になっている。これは珍しいことだった。

「大丈夫ですけど、いったい何があったんです？」

「滝口政志が遺体で見つかった」

一瞬、相手が何を言っているのかよくわからなかった。だが数秒後、矢代は言葉の意味を理解した。思わず大きな声を出してしまった。

「死んだんですか？　滝口が……」

隣にいた理沙がこちらを向いた。目を大きく見開いて矢代を見ている。

「どういうことです？　自殺ですか」

勢い込んで、矢代は古賀に尋ねた。警察に追われているうち、彼はもう逃げられないとあきらめて死を選んだのではないか。そう思ったのだ。

だが矢代の考えは、古賀の言葉で否定された。

「いや、そうじゃない。首にはロープで絞められた痕《あと》があった」

「じゃあ、他殺……」

矢代は混乱した。なぜだ、という疑問が頭の中で膨らんだ。藤原を殺害したのは滝口ではなかったのか。ことによると彼は克子の死にも関わっていたのではないか、と矢代は考えていた。だからこそ滝口は、行方をくらましたのではないのか。

古賀の話が事実なら、特捜本部の読みは外れていたということだろうか。

「人数は多いほうがいい。おまえと鳴海も現場に向かってくれ」古賀は言った。「場所は成増《なります》だ。詳しい情報はメールで送る」

「わかりました。すぐに移動します」

電話を切り、ひとつ深呼吸をしたあと、矢代は理沙に状況を説明し始めた。

3

面パトに乗って二十数分。矢代たちは成増のアパートに到着した。

何年も前に、住人はすべて出ていってしまったようだ。建物の窓ガラスはあちこち割れているし、ドアも壊れているところが多い。そんな廃アパートの中でも、比較的きれいな状態で残されていたのが一〇一号室だという。

野次馬たちの間を抜けて、矢代と理沙はアパートに近づいていった。白手袋を嵌め、立ち入り禁止テープをくぐって共用通路を進む。辺りには捜査員と鑑識課員が大勢いて、みな険しい表情を浮かべていた。

「倉庫番、こっちだ」

川奈部が右手を挙げているのが見えた。頭を下げて、矢代と理沙は足を速める。

「古賀係長から指示を受けました。臨場するようにと」

理沙がそう言うと、川奈部はうなずいた。

「聞いている。さっき鑑識の調べが終わったところだよ。部屋に入ろう」

踵《きびす》を返して彼は一〇一号室に入っていった。矢代たちもあとに続く。

設計された時代が古いのだろう。台所も居間もかなり狭く感じられる。フローリングなどという言葉が広まる前に造られた、板敷きの床。歩いていくと、あちこちでぎしぎしと音がした。

現場は奥の洋室だ。窓から射し込む午後の陽光の下、男が仰向《あおむ》けに倒れていた。焦点の定まらない目で壁を見つめている。半ば開いた唇が、呪いの言葉を吐きそうに見える。ノーネクタイのワイシャツとズボン姿は、おそらく会社を出たときのままだろう。

滝口政志だった。

矢代たちが昨日から追っていた男は、こんな場所で死んでいたのだ。

「頸部《けいぶ》に索条痕《さくじょうこん》があります」鑑識の権藤巌が、筋肉のついた右手で遺体の首を指し示した。「これはですね、藤原達治のときとよく似ております。それから床の上の埃《ほこり》などを見ると、かなり暴れた痕跡《こんせき》がありますね。殺害場所はこの部屋でしょう。犯人は滝口を殺害したあと、財布や免許証などを持ち去ったものと思われます」

「計画メモのとおりです！」硬い表情で、理沙は言った。「ロープで首を絞めて窒息死させる。場所は室内。やはりあれは犯人が残した殺害計画だったんですよ」

今までその見方に否定的だった古賀係長も、この現場を見てしまっては反論できないようだ。しばらく考える様子だったが、彼は理沙のほうを向いた。

「だが、犯人だと思われていた滝口は、このとおり殺害されてしまった。別の人間が犯人だということか？」

「そう考えるしかありません。計画メモの筆跡は滝口政志のものでしたから、彼が書いたのは間違いないでしょう。だとすると、滝口には共犯者がいて、仲間割れが起こったのかもしれません」

「あのメモのとおりに計画が進んでいるとしたら、事件はあとひとつ起こるということなのか？」

「可能性は高いですね」

理沙の言葉を聞いて、古賀は眉間《みけん》に皺《しわ》を寄せた。

川奈部が鑑識の主任に声をかける。

「遺留品はどうです？」

権藤主任は部屋の隅を指差した。柱のそばにビジネスバッグがある。

「あれはですね、滝口が使っていた通勤用の鞄《かばん》です。中に仕事の資料や筆記用具などが入っていました。社員証や定期券は見つかっておりません」

遺体のそばにしゃがんで、川奈部は言った。

「昨日会社を出たあと、すぐこのアパートに来たのかな。しかしここに隠れて、次はどうするつもりだったのか……」

川奈部のそばに、矢代と理沙もしゃがんだ。滝口に向かって、ふたりで手を合わせる。しばらく遺体を観察したあと、矢代は川奈部に話しかけた。

「滝口は俺たちの動きを察して、昨日会社を出たあと逃走しました。遠くへ逃げるつもりだったけれど、車の事故を起こしてパニックになったのかもしれません。そのあと、土地鑑があってこのアパートに隠れたのか、あるいは誰かに呼び出されてここに来たのか。いずれにせよ、油断した隙に殺害されてしまったわけですよね」

「今、周辺で情報を集めさせている」川奈部は言った。「昨日の夕方から今朝にかけて不審者を見なかったか、このアパートに出入りする人物を目撃しなかったか……。あいにくこのへんには防犯カメラがないんだよ。データのほうは期待できないな」

理沙は部屋の中を見て回ったあと、矢代たちのそばに戻ってきた。

「考えを整理しないといけませんね。事実を並べると、まず滝口は藤原克子さんが亡くなった火災について、新聞や雑誌を調べていました。それから今年の一月二十四日、以前藤原さんの家があった場所を訪れ、辺りをうろついた。九月七日には練馬の薬局のそばで、藤原さんに声をかけています。滝口が藤原さんと近い関係だったことは明らかです」

「殺害されてしまった以上、滝口政志がこの事件の犯人だという可能性はなくなったわけですよね」

　矢代が言うと、川奈部は首を横に振った。

「いや、滝口が藤原達治を殺害した可能性はまだ残っているよな。ひとり殺したあと、今度は滝口が何者かに殺されてしまったのかもしれない」

「可能性はありますが、その線は薄いんじゃないでしょうか」理沙は鑑識課員のほうを向いた。「権藤さん、ロープの痕跡は前回の事件と似ているんですよね？」

「ええ、詳しくはこのあと調べますが、喉《のど》に残されたロープの痕が非常によく似ています。十中八九、同一犯の仕業ではないかと」

「そうだとすると、俺たちの筋読みが間違っていたことになる。滝口は藤原を殺害する目的で近づいたのではなかった。しかし不思議なことに滝口は、藤原とは二年ぐらい会っていないと嘘をついた。その理由がわからないんだよな」

　川奈部の言うとおりだった。滝口が事件と無関係であれば、警察に対して嘘をつく必要はなかったはずだ。

　理沙はしばらく考え込んでいたが、やがて口を開いた。

「こういうことじゃないでしょうか」彼女は空中に文字を書くように、右手の人差し指を動かし始めた。「滝口政志は、じつは犯人の仲間だった。ふたりは協力して藤原達治さんを殺害したんでしょう。しかしそのあと仲間割れが起こったか、そうでなければ滝口は犯人に裏切られた。このアパートで昨夜落ち合ったあと、滝口は不意を突かれて犯人に殺害されてしまった、というわけです」

矢代は頭の中で、理沙の言葉を反芻《はんすう》した。その筋読みには説得力があるように思われる。

「そうすると次の課題は、滝口の交友関係を洗うことですね」と矢代。

「ええ。今までは滝口の行方を捜すことを第一に考えていましたが、ここから先は慎重に動く必要があります。聞き込みの相手が、事件の犯人かもしれないわけですから」

犯人は藤原を殺害しただけでなく、滝口まで手にかけたと考えられる。はたして滝口は犯人の仲間だったのだろうか。もし仲間でありながら殺害されたとしたら、その理由はいったい何だったのか。

何か異様な動機が隠されているのではないか、という気がした。


午後四時半から、練馬署で臨時の捜査会議が開かれた。

聞き込みで手が離せない者もいるようだったが、八割以上の刑事たちが特捜本部に集まった。第二の殺人事件の発生を知り、みな険しい表情を浮かべている。

滝口のパソコンを調べていた夏目と谷崎も、作業を中断してこの会議に参加していた。

「予定を変更して急遽《きゅうきょ》、捜査会議を開くことになりました」古賀係長はみなを見回して言った。「昨日から行方がわからなくなっていた滝口政志が、遺体で発見されました。このことで、捜査方針を見直す必要が生じたと言えます」

普段あまり感情を表に出さない人だが、古賀が焦っていることが伝わってきた。今朝の会議のときより話し方のペースが速いし、声の調子にも厳しさが感じられる。

「遺体発見時の状況と初動捜査について、川奈部、説明を」

古賀に指名され、川奈部が立ち上がった。いつもの癖で喉仏《のどぼとけ》を撫《な》でながら、彼は捜査員たちに説明を始めた。

「本日午後二時四十分ごろ、板橋区成増にある無人のアパートで男性が死んでいるという通報がありました。発見者は不動産会社の社員。取り壊し工事の事前確認に行ったところ、遺体を発見したもの。所轄の警察官が駆けつけ、刑事部内で手配をかけていた滝口政志だと判明したため、我々の特捜本部にも連絡があったというわけです。調べたところ、近くの空き地に滝口の車が停めてありました。

遺体には頸部に索条痕あり。窒息死と断定されました。鑑識で詳しく調べた結果、『練馬事件』で藤原達治の首に残されていた痕《あと》と同じであることがわかりました。同一人物による犯行だと考えられます。なお、死亡推定時刻は、昨日午後九時三十分から十一時三十分の間です」

捜査員の間にざわめきが広がった。藤原達治に続いてふたり目の被害者が出た。計画メモのとおり、連続殺人事件になってしまったのだ。滝口に手配をかけたことで捜査が大きく進展したと思えたのに、これで事件の解決は遠のいてしまった。そういう状況下で、動揺しない捜査員はひとりもいないだろう。

初動捜査でこれといった情報は上がっていないことを伝え、川奈部は元どおり椅子に腰掛けた。

古賀は指示棒を縮めたり伸ばしたりと、どうも落ち着きがない。この行動を見ると、やはり切迫感があるのだと感じられる。第二の事件が起こったことで、捜査一課長からプレッシャーがかかっているのかもしれない。

「我々は藤原達治殺害に関して、滝口が何か知っているのではないかと睨《にら》んでいました。彼を重要参考人と考えていたわけです。本人が殺害されたことで、我々の読みが正しかったことが明らかになりました。捜査方針は正しかったが、あいにく犯人の手がかりを得る前に、第二の事件が起こってしまった。非常に残念なことです」

妙だな、と矢代は思った。今朝までは、ここにいる多くの者が、滝口を「被疑者」だと考えていたはずだ。古賀係長にしても同じだったのではないか。それなのになぜ古賀はそれを否定し、滝口を「重要参考人」だったなどと言うのか。

不思議に思って辺りを見回しているうち、その理由がわかった。

講堂のうしろ、捜査員席の最後列に部外者がふたりいたのだ。ひとりは昨日、滝口のマンションで出会った国木田主任だった。その横に座っているのは国木田より少し年上だと思われる男性で、眉《まゆ》が薄く、不機嫌そうな顔をしている。

誰だろう、と矢代が思っていると、横から理沙がささやいた。

「八係の永井《ながい》係長です」

なるほど、と矢代は納得した。国木田は別の事件で滝口に目をつけていた。その滝口が殺害されたため、八係の係長とふたりで情報収集にやってきたのではなかろうか。普通ならよその係の人間を捜査会議に呼ぶことはないが、おそらく捜査一課長の判断で国木田たちは招かれたのだ。それだけ、幹部たちも急いでいるということだろう。

そして、八係の永井係長や国木田が見ているから、四係の古賀係長は先ほどのような発言をしたわけだ。滝口が死亡した今、彼が藤原を殺害したという筋読みは間違いだった可能性がある。誤った捜査方針で活動していたと知られたら、古賀たちにとっては恥だろう。だから古賀はそのことを隠し、滝口は被疑者ではなく重要参考人だった、と強調したのだ。

――意外だな。あの古賀係長がこんなことを……。

ある意味で姑息《こそく》な方法だと言える。いつも部下たちに睨みを利かせ、特捜本部を取り仕切ってきた古賀も、部外者の前では体裁を取り繕うということだ。

現在の捜査状況を説明し終わると、古賀は捜査員席のうしろに目をやった。

「さて、非常にイレギュラーなことですが、今回は別の特捜本部から捜査員を招いています。永井係長、こちらへ」

「いえ、国木田が……」永井は短く答えた。

古賀は指示棒を縮めたあと、無表情な顔でうなずいた。

「では国木田くん、説明を頼む」

わかりました、と返事をして国木田は立ち上がった。周囲の目を意識しているのかどうなのか、彼はゆっくりした足取りで前に出ていく。四係が中心となって捜査してきたこの特捜本部で、八係の彼は孤立しているはずだが、萎縮《いしゅく》した様子は感じられなかった。彼は四十代半ばと見えるから、矢代などより、多くの場数を踏んでいるのだろう。

ホワイトボードのそばに行くと、国木田は古賀係長に向かって軽く頭を下げた。古賀は場所を譲って、壁際へ退いた。

ひとつ咳払《せきばら》いをしてから、国木田は口を開いた。

「八係の国木田です。我々は今、荒川《あらかわ》区で発生した殺人事件を捜査しています。九月十一日、南千住《みなみせんじゅ》の廃ビルで吉沢知邦《よしざわともくに》、四十五歳の遺体が発見されました。鈍器で頭部を殴打され、脳挫傷《のうざしょう》で死亡していました。この事件を調べるうち、捜査線上に浮かんだのが滝口政志です」

国木田は捜査員たちの反応を観察するように、講堂の中を見渡した。

「被害者の吉沢は弁護士として開業していました」彼は話を続けた。「滝口は知人の紹介で吉沢と知り合い、今年七月に事務所を訪ねています。しかし契約には至らなかったのか、あるいは知人として個人的に動くつもりだったのか、吉沢は書類を残していません。昨日この事実をつかんで、私は事情を聞くため滝口のマンションへ出向きました。ところが彼は行方をくらましてしまい、今日になって遺体で発見されたというわけです」

それで昨日、国木田はあの場所にいたのだ。

もし矢代たちが大々的に滝口の捜索を始めていなければ、国木田たちが先にマンションを調べていたかもしれない。タッチの差で矢代たちが主導権を握ったというわけだ。

「国木田くん、質問してもいいだろうか」

古賀が横から声をかけた。どうぞ、と国木田は答える。

「そちらの事件で、滝口が犯人だと確定したわけではないんだろう？　吉沢を殺害した犯人について、捜査は進んでいるのか？」

「何人か疑わしい人物はいますが、まだ絞り込めてはいません」

「そういう状況の中、滝口にも目をつけたわけか」

「シロかクロか、見当はついていませんでした。これから滝口の周辺を調べて、吉沢に何を相談していたのか、探ろうと思っていたんですよ」

八係の特捜本部でも、まだ犯人は誰だという筋読みはできていないようだ。国木田が調べてみて滝口に怪しいところがあれば、本格的に捜査を行うつもりだったのだろう。

「今回滝口が死亡してしまったので、この線を探るのは難しくなりました」国木田は渋い表情を浮かべた。「ですが、本人がいなくても部屋にはいろいろ残されていたはずです。四係が預かっていったものを、我々にも調べさせてもらえませんかね。手帳とかメモとかパソコンとか、あったんじゃないですか？」

国木田の言葉を聞いて矢代はぎくりとした。まさに今、自分たちはそれらを調べているところだ。

「預かり品については、まずこちらで調べる」古賀は国木田の顔を見つめた。「日にちがかかるだろうから、しばらく待ってもらいたい」

「三日ですか、一週間ですか、それとも、もっとかかりますか？　その間、ただ待っていろと言われても困るんですがね」

相手は目上の係長だというのに、国木田はかなり強気だ。相当癖のある人物だと思えた。

「昔、鳴海主任はあの人と組んだんですよね。どうだったんです？」

矢代がささやくと、理沙はしばらく考えてから小声で答えた。

「とにかく、他人を信用しない人なんですよ」

そうだとしたら組織捜査には向かないタイプだ。しかし仮にも刑事なのだから、常に一匹狼でいるわけにはいかないだろう。

「わかった。ではこうしよう」ホワイトボードに近づきながら古賀は言った。「今、預かり品をチェックしているのは文書解読班だ。そこで調べたことをまとめて、私が八係に伝える。そうすれば情報共有できるはずだ」

「直接、鳴海とやりとりさせてもらえませんかね」

「いや、それは無理だ。現場の捜査員同士で勝手に動かれては困る」

そうですか、と国木田は言ったが、じきに疑うような表情になった。

「古賀係長、意図的に情報を抜いたりしないでくださいよ」

「そんなことはしない」

「では朝と晩、一日二回情報をもらえますか。滝口に関しては私が窓口ですので、早速今夜から連絡をください」

「わかった。約束しよう」

「ああ、そうだ、すみません。せっかくここまで来たわけですから、このあと鳴海から情報をもらってもいいでしょうか」

国木田はかなり押しが強い人物のようだ。古賀は首を傾けて何か考えていたが、じきにこう言った。

「私を通してもらいたいんだがな」

「じゃあ古賀係長、立ち会ってくださいよ」

普段無表情な古賀が、かすかに眉をひそめるのがわかった。明らかに不機嫌そうだったが、彼は「いいだろう」と答えた。

国木田は一礼して自分の席に戻っていく。古賀はその様子を見守ったあと、気を取り直した様子で手元の資料を開いた。

「我々が担当している『練馬事件』『成増事件』と、八係が調べている『南千住事件』が関係しているかどうかはわかりません。しかし八係から依頼もあったので、念のため滝口政志については情報共有を行うことにします。鳴海、いいな？」

「はい。承知しました」

顔を上げ、はっきりした声で理沙は答えた。

会議が終わると、国木田と永井係長が理沙に近づいてきた。

それを見て、ホワイトボードのそばから古賀係長もやってきた。理沙たちの上司、財津係長も椅子から立ち上がる。

理沙は作業用の机に、国木田たちを案内した。

「ここで滝口政志のノートやメモを調べています。夏目巡査と谷崎巡査には、そっちのノートパソコンを見てもらっています」

夏目と谷崎は作業の手を止め、軽く目礼をする。

「滝口は不審な人物にメールしていなかったか？」国木田が理沙に尋ねた。

「大事なメールは携帯電話でやりとりしていたのか、パソコンにはほとんど残されていませんでした。現在、携帯電話は見つかっていません」

これまでに調べてきたことを、理沙は手短に説明した。国木田はうなずきながらそれを聞き、永井はメモをとっている。

一通り説明を聞き終わると、永井と古賀、財津の三係長は立ち話を始めた。それを横目で見ながら、国木田が理沙に話しかけてきた。

「いつの間に三人も部下が出来たんだ？」

「ああ、谷崎さんは応援の人員なんですよ」

「それにしても立派なもんだ。前に組んで仕事をしたのは二年半ぐらい前か。なつかしいな」

「私としては、所轄時代のことはあまり思い出したくないですけどね」

「正直言って、鳴海とのコンビには不安があったんだ。でも、おまえのおかげであの事件は解決できたんだよな」

「いえ、国木田さんがいてくれたから、うまく捜査が進んだんですよ」

ふたりが親しげに話すのを、矢代は黙って聞いていた。以前コンビを組んだ者同士が再会すれば、こんなふうに思い出話をするのが普通だ。しかし今、矢代の中にはどうにも釈然としないものがあった。

理沙はそもそも、あまり出来のよくない刑事だったはずだ。文書解読班に入ってからも、文書を読んでいるほうがいいと言って、あまり外には出たがらなかった。一方、国木田のほうもひとりで活動するのが好きだと言うような人だから、基本的に他人と組むのは苦手なのだろう。

――それなのに、なんでこのふたりは馬が合うんだ？

変わり者同士、たまたま波長が合ったということか。その結果、二年半前の事件が解決できたということだろうか。

国木田は目上の者への態度もよくないようだし、横柄な雰囲気がある。おそらく組織に馴染《なじ》めない性格なのだ。にもかかわらず、理沙はその国木田と昔話を楽しんでいる。

ふたりは今、矢代が知らない話をしている。

そのうち矢代は気がついた。そうだ。自分が知らない理沙の一面を、国木田は知っているのだ。自分はそれが気になっているのではないか？

「矢代さん、どうしました？」

理沙にそう訊《き》かれて、矢代は我に返った。いえ、なんでもありません、と首を振る。

「いつもの矢代さんらしくないですね。サブリーダーなんだから、しっかりしてくれないと」

「ああ、すみません……」

うなずきながらも、矢代は戸惑っていた。国木田とは捜査経験も違うし、立場も違う。張り合ってみても仕方がない。

そう理解しているつもりだが、それでも何か割り切れない思いがあった。

4

八係の国木田と永井係長が引き揚げると、古賀や財津も自分の仕事に戻っていった。

静かになったところで、文書解読班は調査を再開した。矢代たちはノートと並行してアルバムを調べ始めた。写真は文書解読の対象ではないかもしれないが、まったく無関係というわけでもない。ノートやメモ類を読み解く上で、アルバムの写真やコメント文などが役立つこともあるはずだ。夏目たちは滝口のノートパソコンを調べている。

しばらく作業を続けるうち、夏目が声を上げた。

「見つけました！　これを見てください」

矢代と理沙は慌てて彼女のそばへ行き、ノートパソコンの画面に目をやった。谷崎も横から覗《のぞ》き込んでいる。

そこにはある画像が表示されていた。何かがプリントされた紙をデジタルカメラで撮影したものだと思われる。

「谷崎くんからアドバイスを受けたんですが、紙に印刷されたものを画像データにすると、テキスト検索ではヒットしなくなります。滝口はあえてこの形で保存したのかもしれません」

「ええと、内容は……」理沙は画面の文字を読んでいたが、突然身を乗り出した。「ちょっとこれ、大変なことが書かれているじゃないですか！」

「いったい何です？」と矢代。

「北鋭電機のことですよ」

その名前には聞き覚えがある。矢代は目を見張った。

「藤原達治さんが調べていた会社ですよね。就活生のふりまでして情報を集めていたという……」

「一度プリントアウトしたものを、画像として保存し直したようです」夏目は説明を続けた。「北鋭電機の資本金、従業員数、工場や営業所の所在地、連絡先……。それからここに『品管《ひんかん》　真島《まじま》』と書かれています」

「品管というと、製品の管理部署かな」矢代は首をかしげる。

「たぶん、品質管理部のことだと思います」横から谷崎が言った。「製品に問題がないかチェックする部署です」

真島という人物がそこに所属しているのだろうか。滝口はその真島と何か関係があったということか。

「それから滝口は、飛鳥《あすか》テクニカという会社についても調べていたようです。ここに書いてある名前は『小久保《こくぼ》』です」

夏目の説明を聞いて、谷崎がインターネット検索を行った。じきに目的の情報が出てきたようだ。

「北鋭電機に真島という社員がいるかどうかは不明です。でも飛鳥テクニカには小久保彰《あきら》という人がいますよ。社長です。飛鳥テクニカの住所は大田《おおた》区大森北《おおもりきた》で、従業員は二十二名」

「滝口は藤原さんと同じように企業情報を調べていたんですね」そこまで言って、理沙は首をかしげた。「でも北鋭電機に比べると、飛鳥テクニカはかなり規模の小さな企業です。なぜそのふたつを同時に調べていたんでしょう……」

「その[illegible]を、滝口はわざわざ画像で保存していたんだな？」矢代は夏目に尋ねた。「も[illegible]なったテキストデータは残っていないのか？」

「テキストは見つかりません」マウスを操作しながら夏目は答えた。「でも、この画像データのもとになったテキストは、滝口が作ったものだと思います。書式の作り方に特徴があるので、間違いありません」

これは重要な情報だと言える。殺害された藤原と滝口が、どちらも北鋭電機を調べていたのだ。滝口だけが調べていた飛鳥テクニカのことも気になる。

「夏目さん、谷崎さん、ふたりともお手柄です」理沙は部下をねぎらった。「この情報をもとに、今すぐ聞き込みに行く必要がありそうですね」

「意見具申！」夏目が右手を挙げた。「前に藤原さんのパソコンを調べていたときから、私は北鋭電機の情報を集めていました。聞き込みに同行してもいいでしょうか」

「わかりました。パソコンの調査は谷崎さんに任せましょう。私はこのことを古賀係長に伝えてきます」

理沙は矢代たちを残して幹部席へ急いだ。書類に目を通していた古賀係長に近づき、手振りを交えて説明を始める。古賀は表情を変えずに聞いていたが、やがて指示棒で窓のほうを指した。

ひとつ頭を下げると、理沙は足早にこちらへ戻ってきた。

「矢代さん、夏目さん、許可を得ました。もう一度、北鋭電機に行きますよ。それから飛鳥テクニカにも。これは文書解読班がやるべき仕事です」

「ええ、すぐに出かけましょう」と矢代。

「谷崎さんはパソコンの解析を続けてください。小さなことも見逃さないよう、お願いします」

「了解しました、鳴海主任」姿勢を正して谷崎は答えた。

準備をして矢代たち三人は特捜本部を出た。急ぎ足で階段を一階まで下りていく。署の玄関から外に出たところで、矢代は夏目に話しかけた。

「今日はやけに積極的じゃないか」

「パソコンも大事ですけど、やっぱり私は外に出るほうが好きですから」

これまでとは違って、彼女の目は生き生きとしている。

覆面パトカーを用意するため、矢代は駐車場へと走りだした。


矢代、理沙、夏目の三人は、恵比寿にある北鋭電機のビルに入っていった。

一階の受付に行くと、今日も三人の女性が案内業務をしていた。警察手帳を呈示しながら矢代は話しかける。

「警視庁の矢代といいます。品管の真島さんにお話をうかがいたいんですが、いらっしゃ[illegible]すか」

不審な目で見られることはなかった。受付の女性は受話器を取って、品質管理部に連絡してくれている。谷崎が言ったとおりだった。

まもなく制服を着た女性社員が現れて、矢代たちは三階の応接室に案内された。しばらく待つとドアがノックされ、ふたりの人物が現れた。

ひとりは先日応対してくれた総務部長の磯貝だ。もうひとりは痩《や》せ型で、少し顔色の悪い四十代ぐらいの男性だった。彼が品質管理部の真島光利《みつとし》だという。差し出された名刺には課長と書かれていた。

「刑事さん、今日は何です？」

磯貝の顔を見ると、わずかだが不快感がうかがえた。矢代たち以外にも鑑取り班が何度か来ているはずだから、そろそろ鬱陶《うっとう》しいと感じ始めたのだろう。

「磯貝さん、先日とは別の話です」矢代は真島のほうに目を向けた。「私たちは今日、品管の真島さんに用があるんですが……」

「ええ、ですからこうして真島を連れてきました。総務部の責任者として、私には社員を守る義務があります。立ち会いをさせてもらいます」

そうですか、と矢代はうなずいた。さすがに出ていってくれとは言えないから、このまま真島と話すしかないだろう。

「ある事件を捜査しているうち北鋭電機さんの名前が出てきた、と先日は言いました。じつはその後の捜査で、今度は真島さんの名前が出てきたんです」

矢代は慎重に相手の表情を観察した。磯貝は眉《まゆ》をひそめている。真島のほうは、何かまずいものでも食べたような顔でじっとしていた。

「真島の名前ですか」磯貝は隣にいる課長の顔をちらりと見た。「真島くん、答えたくないことがあれば無理に答える必要はないぞ」

「はい……」

真島は短く答えた。役職は課長だが、その態度はかなり消極的に見える。

「ではお訊きします。藤原達治という男性をご存じありませんか？」

「藤原さん、ですか……。いえ、覚えていません」

「では、滝口政志という人は？」

真島は自分の指先を見つめていたが、じきに首を横に振った。

「いえ、記憶にありません」

真島の態度をどうとらえるべきか、矢代は考えた。おとなしい性格だから、こういう振る舞いをするのだろうか。それとも何かうしろめたいことがあるのか。

「藤原さんと滝口さんは、どちらもここ数日の間に殺害されています。そして、ふたりとも北鋭電機さんのことを調べていました。さらに、品管の真島さんという名前が出てきた。これは無視できないことです」

それを聞いて真島はぎくりとしたようだ。顔を上げ、矢代を正面から見つめた。

「私に疑いがかかっているんですか？　私はそんな事件のことは知らないし、そのふたりがどういう人たちなのかも知りません」

予想に反して、真島は強い調子で否定した。矢代は続けて尋ねた。

「仕事上のつきあいはなかったということですか？」

「もちろんです」

「では、個人的にどこかでお会いになっていた可能性はないでしょうか。たとえば意外と近所に住んでいたとか、趣味のサークルで一緒だったとか……」

「いえ、そんなことはありません」

藤原のアパートは練馬、滝口のマンションは東中野にある。一方、真島の住むマンションは高円寺《こうえんじ》にあるそうだ。生活圏が違うから、たまたま出会う可能性は低い。真島が趣味で何かの活動をしていることもないという。

矢代は唸《うな》った。真島が殺人事件に関与しているというのは、筋読み以前の、いわば直感に近いものだ。根拠はひとつもないから、言いがかりだと責められても仕方がない。だが、それでも矢代は違和感を拭《ぬぐ》い去ることができなかった。何かあるはずだ、という気がして仕方がない。

どうしたものかと考えていると、隣に座っていた夏目が口を開いた。

「私は北鋭電機さんについて、情報を集めていました。ここでは品管のお仕事についてお訊《き》きしたいんですが、よろしいですか」

「ええ、かまいませんが」

意外だという顔をしながらも、真島はうなずいた。この背の高い女刑事は何を聞きたいのだろう、と疑問に感じているようだ。

「今、品質管理部で真島さんはどういうお仕事をなさっているんでしょうか」

「うちの会社では非常に多くの製品を作っていますので、それらに問題がないかチェックしています。工場と連携して作業することもあります」

「全部調べるとなると、大変な作業ですね」

「いえ、全部は調べません。調べるだけが仕事というわけでもないですし……」

「というと？」

「どう言えばわかりやすいですかね。……私の仕事はこうです。まず企画・設計部門と会議をして、製品の仕様を確認します。たとえばモーターの大きさはどれぐらいにするか、電池の容量はどうするか、ボディーの材質はどうするか、そういったことですね。そのあと試作品のテストをして、問題があれば報告します。小さな問題なら簡単な修正で済みますが、場合によっては設計変更が必要になることもあります」

「設計変更？　そこまで遡《さかのぼ》ると、直すのに大変な時間がかかるでしょうね」

「でも、製品の質を保証するのが品管の仕事ですから……。これはよその会社の話ですが、国産ジェット機の開発が何年も遅れているのはご存じですよね」

真島はある航空機メーカーの名を口にした。矢代もその話は聞いたことがある。

「すでに世界中の航空会社から注文を受けているんですが、もう何回も納期を延ばしているんです。見込みが甘かったという批判もありますが、新しいものを作るときにトラブルはつきものです。あのジェット機も途中で設計変更が必要になって、一年単位で納期をずらすしかなくなったようです」

「当然、ビジネスとしては影響が大きいですよね」と夏目。

「社内は大変な状態だと思いますよ。でも安全性を考えたら、おかしなものを世に出すわけにはいきません。航空機の場合、型式証明もとらなくちゃいけないし……。とにかく、メーカーの品管は責任を持って仕事をしなければならないわけです」

航空機は極端な例だが、北鋭電機でも品質管理は徹底していると言いたいのだろう。

「今の話を聞いてふと思ったんですが……」夏目はメモ帳のページをめくった。「設計部や営業さんが、早くこの製品を完成させて発売しようと言っても、品管の人がストップをかけたら発売できないんですよね？」

「単純な話ではないですが、まあおっしゃるとおりです」

「だとすると品管の人は、ほかの社員たちから恨まれているんじゃないですか？」

「……え？」

真島は怪訝《けげん》そうな表情を浮かべた。彼に向かって夏目はこう説明した。

「みんな早く商売がしたいのに、品管のせいでそれができないわけですよね。社員の間で軋轢《あつれき》が生じないかと気になったんですが」

「いや、品管が妥協してしまったら大きな問題になりますよ」

「でも、前に自動車メーカーで品質管理の不正があったじゃないですか」

「ええ。だからその件は大問題になったでしょう？　あれで会社のイメージがかなり悪化したはずです。そうすると売上が下がったり、下手をすれば会社がつぶれたりします。経営者が交代すればいいという話じゃなく、社員ひとりひとりにまで影響が及ぶわけです。営業が何と言おうと、品管は中途半端な仕事をしてはいけないんですよ」

なるほど、と夏目はつぶやいた。

話が一段落したようなので、矢代は別の質問をした。

「ところで、北鋭電機さんは飛鳥テクニカさんと関わりがあるそうですね。具体的にどんな感じなんでしょうか」

真島は回答を保留して、隣の磯貝を見た。矢代も総務部長のほうに目を向ける。一呼吸おいてから磯貝は答えた。

「うちの一部の製品で、飛鳥テクニカさんのパーツを使っているんですよ」

「飛鳥さんは、北鋭さんの下請けということですか」

「いいえ、下請けではありません。飛鳥さんから電気関係の部品を買って、うちの製品に組み込んでいるんです。当社ですべてのパーツを作っているわけではないので」

「いったいどんな部品を？」

「バッテリー周りです。ACアダプターに使うパーツとか。そうだよな？」

磯貝に訊かれると真島は、ええ、とうなずいた。

「設計部や資材部の人間が飛鳥さんと打ち合わせをして、パーツの仕様を決めます。それをもとに作ってもらって、納品されたパーツをうちの会社でテストします。問題なければ量産に入ってもらうというわけです」

「飛鳥テクニカさんはたしか……」矢代はメモ帳に目を落とした。「従業員二十二名ですね。北鋭さんに比べるとだいぶ規模が違います」

「飛鳥さんは私たちの大事なビジネスパートナーです」磯貝は言った。「普段から信頼関係を築いていますよ」

「社長は小久保さんという方ですよね。ご存じですか？」

磯貝は黙ってしまった。総務部の部長という立場では、取引先の社長にまで会ったことはないのだろう。一方の真島は、すぐにこう答えた。

「知っています。何度か打ち合わせをしていますから」

「どんな方ですか？」

「そうですね……」真島は少し考えてから言った。「気さくな感じの人ですよ。でも従業員を抱えている身ですから、責任感は強いと思います」

ほかにもいくつか質問を重ねたが、これといって手がかりは得られなかった。矢代、理沙、夏目の三人は捜査協力への礼を述べて、ソファから立ち上がった。

5

ビルを出ると、辺りはもう暗くなっていた。

駐車場へと歩きながら、矢代は夏目に話しかける。

「さっき夏目が言っていたことだけど、品管がほかの社員から嫌われていたとすると、そこに事件のきっかけがあった、という可能性も考えられるな」

「ええ。簡単な話じゃないかもしれませんが、私はそう思ったんです。社内で大きな問題があって、それを知った藤原さんや滝口政志があの会社を調べていたんじゃないかと」

「北鋭電機と飛鳥テクニカの取引に関して、何かあったのかもしれない。不祥事とか、人間関係のトラブルとか」

「あるいは、製品の品質上の問題とか……」

横から理沙が言った。その言葉を聞いて、矢代は眉《まゆ》をひそめる。

「意外とそれが正解かも、という気がしますね。だから滝口政志は、品管の真島について調べていたんでしょうか」

「問題は、飛鳥テクニカがその件にどう関わっていたか、です」

「社長に会って、詳しく話を聞く必要がありますね」

「行ってみましょう。飛鳥テクニカの所在地は大田区の大森北です」

矢代たち三人は面パトに乗り込んだ。

恵比寿から大森北まで三十分ほどかかった。事前に調べていた住所に近づくと、矢代は沿道の建物に注意を払った。このへんには工場が多いようだ。スピードを落として走るうち、目的の町工場を見つけた。

倉庫のような建物のそばで、フォークリフトがトラックに荷物を積み込んでいる。もう日が暮れているが、工場はまだ操業中らしい。

車を降りて、矢代は男性社員に声をかけた。

「すみません、事務所はどこですか?」

「奥、奥」

と言って社員は建物のほうを指差す。忙しいのだろう、詳しい説明もせずに彼は作業に戻ってしまった。

建物の中に入っていくと、金属を削る音が聞こえてきた。辺りには機械油のようなにおいが漂っている。子供のころ、こんな町工場を見たような気がするが、いつの記憶なのか思い出すことができなかった。

事務所はじきに見つかった。ガラス戸を開けて中に入ると、かなり古い造りだということがわかった。あちこちの壁に染みがあり、板張りの床には黒い汚れが付いている。こうなってしまうと、たぶん掃除しても落ちないだろうな、と矢代は思った。

受付はないから、近くの机でパソコンをいじっている中年女性に話しかけてみた。

「すみません、警察の者ですが、社長さんはいらっしゃいますか」

「ええと……」彼女は事務所の奥に目をやった。「ああ、今電話中ですね。ちょっと待っていただけますか」

ジャンパーを着た女性社員は席を立ち、部屋の奥に向かう。

スチールラックのそばにある机に、髪を短く刈った男性が座っていた。あれが社長の小久保だろう。年齢はたしか四十七。社名の入ったジャンパーを着て、ノートを見ながら電話をかけている。

話が込み入っているのか、彼は苛立《いらだ》った表情を浮かべていた。

「……それはわかるけどさ、この前と話が違いますって突っ張れよ。今ここでロットを減らされたら、こっちも困るんだから。……ああ、その件は知ってる。だけど前回は、うちが泣いてるんだぞ。今回はきちんと約束守ってもらえよ。……馬鹿、おまえ何年営業やってるんだ。自分で考えろって。……うん……うん、そうだよ。頼むぞ」

受話器を架台に置くと、小久保は目を閉じ、深いため息をついた。

そこへ、先ほどの女性社員が声をかけた。

「社長、警察の方が見えてますよ」

「……え。警察？」

小久保は矢代に気がつくと軽く会釈をした。矢代、理沙、夏目は揃って頭を下げる。

「どうもすみません、お待たせしまして」

愛想よく笑いながら、小久保はこちらにやってきた。気持ちの切り替えが早いようだ。

「警視庁の矢代といいます」

「小久保です。どうぞこちらへ」

彼は矢代たちを、社長席の近くにあるテーブルへ案内した。打ち合わせなどに使うのだろう、パイプ椅子が四つ配置してある。

「容子《ようこ》さん、お茶淹《い》れてくれる？」

小久保がそう声をかけると、はあい、と言って女性社員は廊下に出ていった。

「お忙しいところすみません」矢代は早速質問を始めた。「いくつかお訊《き》きしたいことがあります。飛鳥テクニカさんは北鋭電機さんと取引がありますよね。製品のパーツを納品しているとか」

「ええ。打ち合わせで仕様を決めましてね、それに従ってパーツを作ります」

「取引額としては、北鋭電機さんはかなり大きいんですか」

「そうですね。取引先はほかにもありますけど、北鋭さんがメインですね」

先ほど小久保は営業社員に電話をかけていたようだった。商談が難航しているように聞こえたが、相手はどこの会社だったのだろう。

「藤原達治さんという方を知りませんか。それから、滝口政志という人は？」

「……藤原さんに滝口さんですか。いや、記憶にありませんけど」

「ふたりとも亡くなったんですよ。何者かに殺害されたんです」

それを聞いて、小久保は眉をひそめた。

「殺人事件の捜査なんですか」

「そうです」うなずいたあと、矢代は続けて尋ねる。「北鋭電機の品管にいる真島課長をご存じですか？」

「知っていますよ。いつもお世話になっています」

「事件の捜査をするうち、ある人物が北鋭さんと飛鳥さんについて調べていたことがわかりました。真島さんと小久保社長の名前も出てきました」

調べていたふたりはどちらも死亡しているが、あえて矢代は「ある人物」という言葉を使った。

「ええと……どういうことですか？」

「その人物は北鋭さんと飛鳥さんのことを、かなり細かく調べていたようです。小久保社長、何か心当たりはありませんか」

「人に恨まれる覚えはないんですが……。いったい誰が調べていたんだろう」

不安そうな顔で小久保は首をひねっている。彼の表情を観察しながら矢代は訊いた。

「こちらの会社では、ＩＳＯ９０００を取得していますか？」

「いえ、取っていませんが」

「ユニゾンという言葉を聞いて、何か思い出しませんか？」

「いえ、何のことだか……」

ここまで、ほとんど収穫はなかった。矢代は腕組みをしてひとり考え込む。容子と呼ばれた女性社員が、お茶を運んできてくれた。しばし会話が中断される。どうぞ、と矢代たちに勧めてから、小久保は自分の湯飲みに手を伸ばした。一口すすって、こりゃ熱いな、と彼はつぶやいた。

女性社員が立ち去るのを待ってから、理沙が口を開いた。

「単刀直入にうかがいますが、北鋭電機さんの社内事情について何かご存じのことはありませんか。不祥事があったとか、役所の指導を受けたとか、お客さんと揉《も》めていたとか、そういうことは……」

「さあ、聞いていませんけど。まさか、その殺人事件に北鋭さんの社員が関係しているというんですか？　その上、私まで疑われているとか？」

「いえ、まだ何とも言えない状態なんですが」

そこまで話が進んだところで、夏目が小さく右手を挙げた。いいぞ、と矢代はうなずいてみせる。

夏目は体の向きを変えて、小久保に問いかけた。

「社長、つかぬことをうかがいますが、たとえば北鋭電機さんで部品代が未払いになっているとか、そういうことはなかったでしょうか」

一瞬、小久保の表情が曇った。夏目はさらに質問する。

「飛鳥さんにとって北鋭さんは最大の取引先ですよね。その優位性を利用して、北鋭さんが無理に値切ったり、約束を守らなかったりしたことがあるのでは？」

そういうことか、と矢代は思った。どこの世界でも、注文を受ける側の立場は弱いものだ。まして規模の小さな飛鳥テクニカなら、巨大企業である北鋭電機に楯突《たてつ》くことはできないだろう。過去、不当なことを無理強いされるケースもあったのではないか。夏目はそれを追及しているのだ。

小久保は指先で頬を掻《か》いた。しばらく考えをまとめているようだったが、やがて彼は話しだした。

「刑事さん、何か勘違いしていらっしゃるようですね。ご覧のとおり、うちはごく小さな町工場です。親父がこの仕事を始めて、私の代で一度つぶれかけました。今から十年前のことですよ。そんなときに手を差し伸べてくれたのが、当時北鋭電機の資材部にいた高橋《たかはし》部長という人なんです。あのとき大口の取引が決まらなかったら、うちは間違いなく倒産していました。だからです。それ以来私は、北鋭さんの仕事だけは無理してでも引き受けるようにしてきたんです。そりゃあね、条件面で厳しいことを言われたりしますよ。でも昔助けてもらった恩があるから、誠意を見せようとしているんです。私はそういう人間です」

ところどころ染みのある壁に目をやって、小久保は軽く息をついた。この建物の歴史が、そのまま親子二代の歴史に重なっているのだろう。

夏目の質問によって、小久保の口から町工場への思いを聞くことができた。それにしても彼女はいつの間に、町工場のことまで調べていたのだろう。

話が一段落したところで、理沙が口を開いた。

「小久保さん、最近、身辺で気になることはありませんか」

「どうして私にそんなことを？」小久保は怪訝《けげん》そうな顔をする。

「藤原さんや滝口さんを殺害した犯人は、まだ捕まっていません。動機は不明ですが、犯人が北鋭電機さんや飛鳥テクニカさんを狙っている可能性もあると思って」

「そうですねえ」小久保は記憶をたどる表情になったが、じきに首を振った。「特に何もないですね。まあ、こう忙しくちゃ、周りに怪しい奴がいても気がつかないんじゃないかな。……いや、それは冗談ですけど」

そんなことを言って、小久保は苦笑いを浮かべた。

事務所の電話が鳴りだした。あいにく女性社員は別の電話に出ているようだ。

「すみません、ちょっと失礼します」

小久保は頭を下げてから立ち上がり、自分の机に戻っていった。

6

午後に捜査会議が行われたため、今夜の会議は九時からだと聞いている。

矢代たち三人は飛鳥テクニカを出て、車で練馬署に向かった。

「驚いたよ。夏目はああいう工場のことをよく調べていたな」

ハンドルを操作しながら矢代は言った。後部座席の夏目が、顔を上げて答えた。

「じつは、私の伯父《おじ》が町工場を経営しているんです。従業員十五人ぐらいの、ごく小さな工場です」

「そうなんですか？」夏目の隣に座っていた理沙が、驚いたという声で尋ねた。「規模も同じぐらいですね」

「私、小さいころから工場に出入りしていて、品質管理やパーツの納品について、伯父からよく聞かされていたんです。それで、だんだん詳しくなって……」

「だから、ああいう質問ができたわけか」矢代はうなずいた。「今日の情報が、事件の捜査に役立つといいんだがな」

「あいにく、そこまで重要な情報は出てきませんでしたね。もっと、いろいろ聞き出せるとよかったんですが」

夏目は小さくため息をついた。張り切って捜査に出かけたのに、これといった収穫がなかったので気落ちしているようだ。

「ところで夏目、谷崎との関係はどうだ？　あいつ、夏目の前ではずいぶんおとなしくなったじゃないか」

「よく指導しておきましたから」夏目は苦笑いを浮かべた。「彼を見ていると、つい、いろいろ言いたくなってしまうんですよ。なんだか弟みたいで……」

「ああ、そういうことだったんですね」感心したように理沙が言った。「夏目さんって、弟さんがいるんでしたっけ？」

「はい。出来の悪いのがひとり」

なるほど、と矢代も納得した。谷崎との関係を、夏目は姉弟《きょうだい》のように思っていたのだ。弟も妹もいない矢代には、わからない距離感だった。

「出来の悪い子ほど可愛い、という言葉もありますからね」そう言ってから、理沙は慌てた様子で訂正した。「ごめんなさい。リーダーの私がそんなことを言ってはいけませんね。ええと、今のはなかったことに……」

最近は中途採用の捜査員も増えている。中には谷崎のように、まだ学生気分の抜けない者もいるのだろう。――と、そこまで考えたとき矢代は気づいた。リーダーの理沙に夏目、谷崎。いずれも一風変わったタイプの捜査員ばかりだ。やはりこの文書解読班は、扱いにくい人材を集めた吹きだまりのような部署なのではないか。

もしかしたら、矢代自身も使えない人材と見なされているのだろうか。そんな思いが頭をよぎったが、その可能性は考えないことにした。

午後九時にスタートした捜査会議は、十時半ごろ終了した。

その後、財津係長も交えて、文書解読班の打ち合わせが行われた。理沙は捜査用のノートを開く。そこには作業の進捗《しんちょく》状況が書かれていた。

- □練馬事件
  - □藤原達治関連
    - ■預かり品の調査
      - ■ノートパソコン　★データ確認済み
      - ■ノート・メモ類
      - ■レシート類　★ＩＳＯ９０００関連書籍を発見
      - ■スクラップ
    - □計画メモ
    - □オードブル皿
    - □ＩＳＯ９０００と事件の関係
    - ■北鋭電機　★聞き込み済み（一回目）
    - □切り貼り文「ゆにぞんころすげきやくしたい」
- □成増事件
  - □滝口政志関連
    - □預かり品の調査

□ノートパソコン
　■ログイン　★パスワード割り出し完了
　□データ確認
□ノート・メモ類
□スクラップ
■北鋭電機　★聞き込み済み（二回目）
■飛鳥テクニカ　★聞き込み済み

当初、練馬事件で聞き込みの対象だった滝口政志が、成増事件の被害者となってしまった。事件がふたつになったことで、調べるべき項目が以前より増えている。

「パソコン二台に手がかりがあったのは、注目すべき点だろうな」財津係長が言った。

「今までの捜査よりもパソコンの知識が必要となっている。谷崎をチームに加えたのは正解だったろう？」

「もしかして財津係長、そのことを見越して彼を？」

理沙が尋ねると、財津は口元を緩めた。

「部下が働きやすい環境を作るのも、管理職の役目だからな」

本当だろうか、と矢代は思ってしまった。財津は飄々《ひょうひょう》とした性格の人だ。もしかしたら偶然の采配《さいはい》が、たまたまうまくいっただけではないだろうか。

しかし矢代の横で、理沙は真面目な顔をして言った。

「今回の捜査で感じたんですが、文書捜査にもデジタル系の知識が必要ですね」

「というと？」財津は彼女に尋ねる。

「パソコンが使えないとデータ検索ができない、というのはもちろんですが、パソコンの構造自体が文書解読班の仕事と密接に関わっているような気がします。データの分類方法やファイル名の付け方を見てもそうです。少しオーバーかもしれませんが、ユーザーにとってパソコンは第二の脳だと言えるんじゃないでしょうか。そしてその中には第二の心的辞書――メンタル・レキシコンが構築されているわけです」

「第二の脳とは、大きく出たな」財津は唸《うな》った。「だが今の時代、パソコンがないと困るのはたしかだ。俺なんかパソコンのスケジュールソフトを使わないと、二日先の予定もわからなくなってしまう」

「私はどちらかというとアナログ人間ですから、パソコンに依存している人を見ると、どうかなと思ってしまいます。でもそんな私でさえ、パソコンなしでは生活できませんからね。なんというか、時代は変わりましたよ」

理沙が年寄りめいたことを言うので、夏目と谷崎は苦笑いしている。このふたりは日常的にパソコンやインターネットに触れてきたのだ。彼らの目に、理沙や矢代は相当古い人間と映っているに違いない。

雑談めいた話をしているところへ、ゆっくりと近づいてくる女性がいた。あれは岩下管理官だ。途端に緊張した空気が辺りに満ちた。

矢代たちは口を閉ざす。理沙は岩下に向かって、ぎこちなく会釈をした。

「ずいぶん楽しそうね」岩下は腕組みをして理沙を見つめた。「古賀さんから聞きましたが、文書解読班は第二の殺人を予期していたそうですね」

「ええと……現場に落ちていたメモのことでしょうか」

「そうです。あれが殺人計画のメモだと気づいていながら、あなたたちはいったい何をしていたの？」

「はい？」理沙は相手をじっと見つめた。

「わかっていたなら、なぜもっと真剣に捜査しなかったのかと訊《き》いているんです」

「あ……いえ、早い段階から古賀係長にはお伝えしていました」理沙は釈明する口調で言った。「ですが、あのメモは犯人の罠《わな》かもしれない、と古賀係長がおっしゃって……」

「だからといって、放っておくのは無責任でしょう。会議でも、もっと強く意見を述べるべきだったのでは？」

「よけいなことはするなと注意されていましたから……」

「あら、そう。でも鳴海さん、あなたもリーダーであるからには、自分の意見というものを持っているはずよ。周りに反対されたら、真実を曲げてしまうということ？　あなたはそれでも警察官なの？」

無茶な話だ、と矢代は思った。計画メモに着目していたとはいえ、あれほど少ない情報では捜査のしようもなかった。岩下もそれは理解しているはずだ。だとすれば、これは単なる言いがかりではないか。

だがそう思っていても、相手が管理官では楯突《たてつ》くことなどできなかった。矢代ばかりではない。財津係長でも反論することは難しいだろう。それが組織のルールというものだ。

矢代たちが黙り込んでいると、岩下は追い打ちをかけるように言った。

「所詮《しょせん》、この程度ですか。こんな状態が続くようなら、次の組織改編で文書解読班は消えてしまうかもしれないわね」

「……え？　どういうことですか」

理沙はまばたきをする。それには答えず、岩下は財津のほうを向いた。

「財津係長、この捜査で成果が出なければ、私は上に進言します。文書解読班など必要ありません、とね。本来の『倉庫番』なら、鳴海さんひとりで充分でしょう。残った人間は科学捜査係に吸収すればいいんです」

「いや、管理官、まずは今回の捜査をご覧いただいてですね……」

財津が宥《なだ》めるような調子で言うと、岩下は頬をぴくりと動かした。ファッションモデルのように整っていた顔が、大きく歪《ゆが》んだ。

「私は白黒はっきりさせたいの。あなたみたいな人とは違うんです」

厳しい目で財津を睨《にら》んでから、岩下は廊下へ出ていった。

やっと嵐が去った、と言いたげな顔で、財津は小さくため息をついた。その横で理沙も肩の力を抜いたようだ。

財津の様子をうかがいながら、矢代は尋ねた。

「ちょっとお訊きしてもいいですか。岩下管理官と財津係長の間には、何か因縁でもあるんでしょうか」

「因縁ねえ……。まあ、そうだな」財津は渋い表情になった。「岩下は……いや、岩下さんは、俺の二年後輩なんだよ。ふたりとも捜査員だったころ、同じ特捜本部で仕事をしたんだが、彼女がある情報をつかんできてね。金星を挙げるつもりだったようだが、俺のチームが先に被疑者を捕らえてしまった。そうしたら彼女は『手柄を横取りした』と言って、俺を吊《つる》し上げようとしたんだ」

先輩の刑事にねじ込んでくるなど、普通なら考えられないことだ。岩下はよほど悔しかったのだろう。

「実際はどうだったんです？　手柄の横取りって事実なんですか」

「いや……ええと、どうだったかな」

財津は記憶をたどる表情になったが、どうも挙動がおかしい。案外これは本当に、岩下から情報を得て、自分の手柄にしてしまったのかもしれない。

「細かいことはともかく、そういう経緯があって岩下さんは俺を嫌っているらしい。そして、坊主憎けりゃ袈裟《けさ》まで憎いというわけで、俺が設立した文書解読班のこともよく思っていないんだ」

「原因は財津係長だったんですね！」理沙は上司を見つめた。「ひどいじゃないですか、私たちを巻き込んで」

岩下管理官が文書解読班に厳しい態度をとっていたのは、財津のせいだったのだ。理沙や矢代にしてみれば、とばっちりもいいところだった。

「鳴海、落ち着け」慌てた顔で財津は言った。「とにかくだ、文書解読班として成果を挙げればいいんだよ。ここはしっかり捜査に取り組もうじゃないか。なあ、みんな」

軽い調子でそう言うと、財津は苦笑いを浮かべた。

だいぶ話が脱線したが、打ち合わせを続けることになった。

現在の活動状況について質問され、理沙は資料ファイルを手に取った。

「じつは、ひとつ気になる発見がありました。ついさっきのことですが、藤原さんが持っていたクリアファイルの中に、新聞記事のコピーが挟まれているのを見つけたんです」

新聞記事と聞いて、財津は興味を持ったようだ。

「滝口政志は五年前の火災の記事をスクラップしていたよな。同じ記事か？」

「いえ、それが全然違うんですよ」

理沙が机の上に置いたのはA4サイズの紙だった。新聞の一部がコピーされている。

「これは大《だい》都《と》新聞ですか」

「脅迫状に使われた東陽新聞ではないな」財津は銀縁眼鏡の位置を直した。「これは大都新聞だ。今年の一月五日、朝刊か」

「文化面です」理沙はコピーされた紙を指差した。「この当時、藤原さんは大都新聞をとっていたか、あるいは図書館などでコピーしたのかもしれません。A4サイズですから、いくつかの記事が載っています。印も何もないので、藤原さんがどの記事に注目したのかはわかりません」

その紙には四つの記事が載っていた。タイトルはこうだ。

《一病息災　健康セルフチェック》

《企業散歩　地図情報ソフト開発　ジャパンランドサービス》

《新年スタート　生活環境の変化に注意》

《イベント案内　安全なくらしのために》

矢代たちはこれらの記事をじっと見つめた。だが、藤原の関心がどこにあったのか、決め手に欠ける状態だ。

「『健康セルフチェック』は誰でも興味を持ちそうですよね」理沙は言った。「藤原さんは七十五歳でしたから、健康のことを気にしていたでしょう。セルフチェックという記事なので、自分の体の状態を確認していたのかも」

「次の『地図情報ソフト』は外れでしょうか」夏目は記事を指差す。「単に企業を紹介しているだけですよね。藤原さんはデザイン会社に勤めていたから、地図ソフトの会社とは関係ないでしょうし」

「デザイン会社を辞めたあと、どこかでアルバイトをしていたんじゃなかったっけ？」

財津が尋ねると、夏目は首を横に振った。

「その後の四係の調べで、アルバイト先は清掃会社だとわかりました。自宅のある練馬の周辺で、雑居ビルなんかの掃除をしていたそうです」

「そのビルに地図情報ソフトの会社が入っていたんじゃないのか？」

「ええと……」夏目は自分のメモ帳を開いた。「いえ、その線はないですね」

ふうん、と言って財津は腕組みをする。

「『新年スタート』という記事はどうですかね」矢代はみなに尋ねた。「一月五日だからこういう記事が出たんでしょうけど、藤原さんに何か関係ないかな」

ここで、珍しく谷崎が発言した。

「藤原達治は企業のことを調べていましたよね。新年に始まる仕事について、何か意識していたのかもしれません」

「ああ、たしかに、そういうつながりは考えられるな」と矢代。

「あとはイベント参加者の募集記事です」メモをとりながら理沙が言った。「食品や自動車、家電……。身の回りの危険について知る、という趣旨のセミナーです」

なるほど、と言って財津は記事に目を落とす。

「見たところ、どれもそれほど重要には思えませんね」矢代は理沙に向かって言った。

「でも、藤原さんがこの部分をコピーして持っていたことは事実です。もしかしたらこの記事のどれかが、事件と関係あるかもしれません。鳴海主任、この四つの記事について調べてみませんか」

「そうですね。記事を精読して、書かれている情報について調べましょう」

「あ、鳴海主任。ネットでの調査なら谷崎くんも手伝ってくれますよ。……いいよね？」

夏目が尋ねると、谷崎は慌てた様子でうなずいた。

「ま……任せてください」

よし、と言って財津係長は部下たちを見回した。

「時間がないぞ。みんな、早速始めてくれ」

「わかりました」

そう答えると、矢代たちはそれぞれの作業に取りかかった。

藤原が残した新聞記事のコピーは、いったい何を意味するのだろう。単なるスクラップとは思えない。何か重要な事実が隠されているのではないか、という気がした。

第四章　罪の種子

1

ワイシャツ姿で洗面台の前に立ち、矢代は手を洗っていた。

鏡を覗《のぞ》くと、思ったよりひげが伸びている。疲れていて面倒くさいと感じたが、思い直してシェーバーを手に取った。いつ捜査に出かけるかわからないから、できるときに身支度を整えておいたほうがいい。

講堂に戻り、コーヒーを二杯淹《い》れて理沙の机に向かう。彼女は眉間《みけん》に皺《しわ》を寄せ、険しい顔で備品のノートパソコンを操作していた。

「主任、コーヒーを飲みませんか」

「ああ、すみません」理沙は腕時計に目をやった。「え……もう七時半？」

「そろそろ捜査員たちが集まってきますよ」

「弱りましたね。まだ何もわかっていないのに」

理沙は大きく伸びをしてから、夏目たちの机に目をやった。後輩たちはふたりとも、真顔でパソコンの画面を睨んでいる。

途中で仮眠をとりながら、文書解読班は作業を続けてきた。矢代と理沙は、藤原がコピーしていた新聞記事を調べて、事件に関係ないかチェックしているところだ。夏目と谷崎は引き続きノートパソコンのデータを確認している。だがどちらの組も、手がかりというほどのものは発見できていなかった。

九月十七日、午前八時半から捜査会議が開かれた。ここで文書解読班から何か報告したいと考えていたのだが、それができなかったのは残念だ。

「地取り班は引き続き、練馬と成増の現場付近を調べてください」古賀係長はいつものように無表情な顔で言った。「鑑取り班にはこれまでとは違った作業をお願いしたい。より多くの情報を集めるため、捜査の範囲を広げます。藤原達治の親族、遠方にいる友人たちから話を聞いてきてほしい。また滝口政志についても同様とします。移動の時間が長くなってしまうが、やむを得ません」

古賀は指示棒でホワイトボードを指して、担当の割り振りを始めた。

今までは効率を重視して都心部を中心に捜査してきた。だがそれではヒントが見つからないと考え、古賀は捜査の範囲を広げることにしたのだろう。

朝の会議のあとも、矢代たち四人は作業を続けた。

今回の事件では地道な調査がずっと続いている。だが本来、文書解読班の仕事はこうした細かい作業なのだろう。内勤が苦手だという夏目も黙って仕事をしているのだし、サブリーダーとされている矢代が手を抜くわけにもいかない。

作業をしながら、矢代は学生時代のことを思い出していた。警察に入ってからは我慢強い性格だと言われ、「お遍路さん」などというあだ名もつけられた。しかし粘り強く続けられるのは、体を使った捜査だ。学生時代は机に長時間向かっているのが苦痛で、気分転換だと言ってはコーヒーを飲んだり掃除をしたり、外へ出かけてしまったりした。そんな自分が文書解読班などという部署で、ノートやメモを細かく調べているのだから、なんとも皮肉なものだ。

――これが適材適所だとは思えないんだけどな。

あらためてそんなことを考えた。矢代がその疑問を抱いてから、早くも一年が過ぎようとしている。

昼になり、四人はコンビニの弁当を食べた。調査が停滞しているため、みな口数が少ない。雰囲気を変えようと、矢代はこんなことを言った。

「普段あまり細かい字を見ないから、目がしょぼしょぼしますよ。鳴海主任はいつも難しい顔をして文書を読んでいますけど、目は大丈夫なんですか」

「じつは私、あまり視力はよくないんですよね」

「小さいころから本の虫だった、とか?」

「まあ、そういうことです。みなさん、目は大切ですよ」理沙は口元を緩めた。「谷崎さんはいつから眼鏡をかけているんですか」

「僕は中学生のころからです。もう何度も眼鏡を変えていますけど」

かね。……目といえば、私の親戚《しんせき》がこの前、手術をし
ていました」

「パソコン
たんごの方ですか」と夏目。

「もう七十を過ぎているはずです」そう言ったあと、理沙はわずかに首をかしげた。

「そういえば藤原さんは七十五歳でしたね」

何を思ったか、理沙は資料ファイルを手元に引き寄せた。昨日発見した新聞記事のコピーを引っ張り出す。記事をしばらく読んでから、彼女は顔を上げた。

「『一病息災　健康セルフチェック』の中に緑内障、白内障のことが書かれていますね。それで思い出したんですが、たしか藤原さんの部屋には眼鏡が四つもありました。この記事を読むと、白内障の手術を受けた人は眼鏡の度が合わなくなって、作り直すケースが多いそうです」

それを聞いて矢代は「あ！」と声を上げた。藤原の部屋から持ってきた預かり品を調べ、一枚のカードを手に取る。

「眼科クリニックの診察券があります。藤原さんはここで治療を受けていたわけですよね。その結果、何かトラブルが起こったという可能性はないでしょうか」

「トラブルがあったとして、北鋭電機や飛鳥テクニカとどう関係するんです？」

「それをこれから調べるんじゃないですか」

勢い込んでそう言うと、矢代は椅子から立ち上がった。

携帯を取り出し、警視庁本部にいる財津係長に架電する。矢代は眼科クリニックについて報告した。

「もしかしたら目の治療のことが、今回の事件と関係あるかもしれません。調べてみたいんですが……」

「そうだな。いいんじゃないだろうか」財津は言った。「古賀さんたちも今は情報収集を優先しているんだよな？　だったら文書解読班もそうすればいい。古賀さんには俺から話しておく」

「ありがとうございます。お願いします」

電話を切り、矢代と理沙は早速、外出の準備を始めた。


覆面パトカーに乗って、矢代たちは藤原が通っていた眼科クリニックに向かった。

池袋《いけぶくろ》駅から徒歩数分という好立地にある眼科医院だ。事前の調べでは白内障の手術を得意としているようで、ネットでの評判もよかった。中に入ると、診察を待つ患者がすでに十名ほどいた。

事前に連絡してあったため、看護師はすぐに応対してくれた。相談用の小部屋で、矢代たちは四十代と思われる院長と向かい合った。ーテノール歌手を思わせる声で、彼は言った。「うちのクリニックに関して、何か問 でしょうか」

怒っているわけではないだろう。しかし戸山ははっきりものを言う性格らしく、刑事を前にしても萎縮《いしゅく》する様子がなかった。

「患者さんについてお訊《き》きしたいんです」矢代は穏やかな調子で問いかけた。「藤原達治という男性がこちらのクリニックに通っていたと思うんですが」

矢代は診察券をテーブルに置いた。戸山はそれをつまみ上げ、表記を確認する。

「ちょっとお待ちいただけますか」

そう言って戸山は席を外した。五分ほどたったころだろうか、戻ってきた彼の手にはカルテがあった。

「たしかに、うちの患者さんですね」椅子に腰掛けながら戸山は言った。「今確認しましたが、藤原さんは五年前に白内障の手術を受けています」

五年前、と聞いて矢代ははっとした。それは藤原の妻が火災で亡くなった年だ。

「藤原さんが手術を受けたのは五年前の何月ですか？」

「六月二十日です」

火災があったのは一月二十四日だった。そのあと五ヵ月ほどたってから、藤原は白内障の手術を受けたわけだ。

――白内障が、火災と何か関係あるのかと思ったが……。

どうやらその線は否定されたようだ。矢代は別の角度から質問を続けた。

「手術の前後で、何かトラブルはなかったでしょうか。藤原さんは几帳面《きちょうめん》で、細かいことにこだわる性格だったそうです」

戸山は一度カルテに目を落としたあと、うなずいた。

「ああ、たしかに細かい方でしたね。診察のときもそうだったし、手術をすると決めてからもあれこれ質問していました。それだけならいいんですが、自分の病気について調べていたようで、聞きかじったことをいろいろ尋ねてくるんです。まあ、目の手術にはみなさん不安を持っているから、気持ちはわかるんですが……」

「手術をしたのはどちらの目です？」

「左です。右はそれほど進行していなかったので、少し様子を見たいということでした」

「それで、左目の手術はうまくいきましたか」

「ええ、問題ありませんでしたね」

「当時、藤原さんは何か話していなかったでしょうか。自分のことや家族のことを」

戸山は記憶をたどる表情になったが、じきに首をかしげた。

「いえ、これといって気になることは何も……」

質問を重ねてみたが、参考になりそうな情報は出てこない。

どうするかな、と矢代が考えていると、隣で理沙が口を開いた。

「滝口政志という人を知りませんか。それから真島光利という人は？　このクリニックに通っていなかったでしょうか」

そうか、と矢代は思った。藤原と滝口はもともと親戚だが、真島もここの患者だったとしたら、それは意外な接点だと言える。同じクリニックに通ううち、藤原たちは真島と知り合って、何らかの関係が築かれたのではないか。

調べてみます、と言って戸山はもう一度席を外した。理沙の顔には期待の色がある。だが彼女の思うような結果は得られなかった。やがて戻ってきた戸山は、ゆっくりと首を左右に振った。

「あいにくそのおふたりは、うちの患者ではありません」

「そうですか……」

これ以上の情報は出てきそうにない。特捜本部の電話番号だけ伝えて、矢代と理沙は椅子から立った。

「お邪魔しました。また何かお訊きするかもしれませんが、よろしくお願いします」

「ええ、いつでもどうぞ」

戸山も立ち上がって、矢代たちに会釈をした。それからふと、彼はこう言った。

「そう、ひとつ思い出しました。手術のあと最後に通院してきたとき、藤原さんが話していたんです。『この世界はこんなにきれいだったんですね』と」

「世界、ですか？」

七十五歳の老人が口にするには、ずいぶん大袈裟《おおげさ》な表現だという気がする。

矢代の顔を見て、戸山は説明してくれた。

「ああ……ちょっと驚いてしまいますかね。でも、そういう感想を持つ方は多いんですよ。白内障は視野が白っぽくなって、目の前がぼんやりしてしまう病気です。それが急にくっきり見えるようになるものだから、世界はきれいなんだなと、そんな言い方をする患者さんがいるんです」

自分にはぴんとこないが、歳をとるとそういう感慨も湧くのだろうか。

矢代たちは捜査協力への礼を述べ、廊下に出た。

2

午後二時半、覆面パトカーは練馬署に到着した。

勢い込んで出かけたわりには成果がなく、空振りという結果になった。矢代と理沙は渋い表情で車を降りる。財津係長にどう報告しようかと考えていると、理沙がバッグの中を探った。携帯電話を取り出し、彼女は通話ボタンを押して耳に当てる。マナーモードになっていた電話が鳴動していたようだ。

「はい、鳴海です。……意外ですね、お電話をいただくなんて」

相手は誰だろう、と矢代は考えた。個人的な通話なら、そばにいないほうがいいかもしれない。先に署の玄関に向かおうとすると、理沙が矢代の袖《そで》を引っ張った。ここにいろ、ということらしい。

「……コンビニのそばですね。わかりました。すぐに行きます」

電話を切ると、理沙は矢代の顔を見上げた。

「八係の国木田さんから連絡がありました。伝えたいことがあるので、そこのコンビニまで来てほしい、と」

「国木田さんから？」

妙な話だった。なぜ上を通さず、直接連絡してきたのだろう。

理沙は彼と会うつもりらしい。矢代を連れて足早に歩きだした。

目的地まではほんの数十秒だ。指定されたコンビニの近くに、国木田が立っているのが見えた。

矢代たちに気づくと、国木田は踵《きびす》を返した。コンビニと雑居ビルの間にある、わずかなスペースに入っていく。嫌な空気だな、と矢代は思った。

「そんなに警戒するなって」思っていたより穏やかな調子で、国木田は言った。「そっちはふたり、こっちは俺ひとりだぜ」

「急に呼び出して、どういうことです？」と理沙。

「情報交換をしようと思ってな。上を通してたんじゃ、時間がかかって仕方がない。現場の担当者同士のほうが、話が早いだろう」

「情報なら、古賀係長が伝えているはずですけど」

「肝心のことが伝わってこないような気がしてな。今、鳴海がつかんでいることと俺がつかんでいることをやりとりすれば、双方にとってメリットがある。事件の捜査にはスピード感が大事だ。それは鳴海もわかっているよな？」

理沙は疑うような目で国木田を見ている。以前一緒に仕事をした間柄だといっても、今は立場が違う。そのことを彼女はよくわきまえているのだ。

だが、しばらく思案したあと、理沙はこう言った。

「わかりました。では、まず私のつかんでいる情報を話しましょう」

「待ってください」矢代は眉《まゆ》をひそめた。「いいんですか、勝手にそんなことをして」

「聞き込みをするとき、こちらから情報を出すことがありますよね。それが呼び水になって新しい情報が得られる……。矢代さんにも経験があるはずです」

「それはそうですが、相手はほかの部署の刑事ですよ」

「ネタ元が誰だろうと関係ありません。情報が正しければ捜査は進みます」

矢代は黙り込んだ。理沙の考え方に賛成はできないが、かといって強く反対する理由もない。たしかに国木田からの情報で捜査が進むなら、こちらにとってはありがたい話だ。

「私たちの最新情報はこうです。藤原達治さんの甥《おい》・滝口政志さんは、北鋭電機のことを調べていました。藤原さんが調べていたのと同じ会社です」

「なるほど。叔父《おじ》と甥の間で、話が通じていたわけだな。……で、滝口が調べていたのは北鋭だけか？」

理沙はためらう表情になった。北鋭電機は今までの捜査で話題に上っているのだから、情報として価値は高くない、と彼女は踏んでいたのだろう。だが飛鳥テクニカは初めて捜査線上に浮かんだ会社だ。ここで喋《しゃべ》ってしまっていいのかどうか、迷っているに違いない。

「すみません、私のほうから質問してもいいですか？」

理沙がそう尋ねると、国木田は鷹揚《おうよう》にうなずいた。

「まあ、いいだろう」

「北鋭電機と取引のあった会社をご存じですか？」

「さあ、どうかな……」

「『きょうか』、それとも『あすか』、事件は大きく進展すると思いますか？」

「それは俺にはわからない」

「お昼ご飯はもう食べました？　私は牛丼並盛りでしたが、国木田さんなら……」

「大《おお》……いや、牛丼は食べてない」

「『リフト』って知っていますよね？」

「ええと……スキー場にあるやつか」国木田は眉をひそめた。「これはいったい何のクイズだよ」

一呼吸おいてから、理沙は国木田を見つめた。

「私には文字の神様がついているんです。国木田さんは捜査するうち、北鋭電機にパーツを納入している会社を知りましたね？　大森北にある会社です。でもそこに行ったことはない。あそこで使われているフォークリフトのことは、頭に浮かばなかったようですから」

「何のことだよ」

「今日か、明日か、事件が進展するのはどちらですか？　明日ですよね。ご存じなんでしょう？　大森北のあの会社のこと」

やれやれ、といった様子で国木田は首を振った。

「それは言いがかりじゃないのか？」

「文字の神様は、言いがかりをつけるのが好きなんですよ」理沙は口元に笑みを浮かべた。「もちろん、私もです」

ふん、と鼻を鳴らしたあと、国木田は軽くため息をついた。

「仕方ないな。答えてやるよ。今日、俺は北鋭電機にパーツを納めている飛鳥テクニカを知った。会社があるのは大森北だ。おまえの言うとおり、まだ会社に行ってはいない。……フォークリフトがあるのか？」

「ええ。従業員二十二名の町工場です。社長は小久保という人」

「そこまでは俺も調べた」

「私たちはその二社のどちらかに、犯人が関わっているんじゃないかと思っています」

「なるほどな」

国木田は矢代の顔を一度見てから、理沙に視線を戻した。

「相変わらず鳴海は変わった奴だ。まあ、その変わっているところが強みなんだろう。……そっちの特捜のほうが一歩先を行っているようだから、教えてやるよ。北鋭電機と飛鳥テクニカ、両方に関係ありそうなネタだ」

「両方に関係が？」

「これは滝口の知り合いからの情報だ。そいつに確認したところ、刑事はまだひとりも聞き込みに来ていないということだった。つまり俺以外は誰も知らないネタってわけだ」

「どんな情報ですか」

「滝口は大学や公共機関のセミナーをよく受講していた。工業製品のトラブルについて調べていたらしい」

「トラブル？」

理沙は眉をひそめる。国木田は雑居ビルの壁にもたれかかった。

「滝口は北鋭電機と飛鳥テクニカを調べていたんだよな。それに加えて工業製品の問題を調べていたとなれば、思いつくことがあるんじゃないか？」

「五年前、藤原克子さんが火災で亡くなりました。そのことですか」

「そう。あれは奥さんによる失火だと言われているが、本当だろうか。藤原自身も調べていたし、甥の滝口も調べていた。何か不審なところがあったんじゃないのか？」

そういうことか、と矢代は納得した。藤原は滝口に、情報収集を手伝ってもらっていたのかもしれない。だからふたりで北鋭電機を調べる形になったのだろう。そしてそれに勘づいた何者かが、藤原に切り貼りの脅迫状を送ったのではないか。

「セイヒョウキコウを探ってみろ」

「……セイヒョウキコウ？」理沙は首をかしげる。「いったい何なんです？」

「子供じゃないんだ。自分たちで調べろよ」

そう言うと、国木田は矢代の脇を通って、建物の隙間から出ていこうとする。

「俺が教えてやれるのはそこまでだ。そしてこのあと、俺も飛鳥テクニカに行く」

あの、と理沙は彼を呼び止めた。

「今さらですが、四係と八係が一緒に捜査したほうがいいような気も……」

「それは上が判断することだ。俺たち現場の人間は、自分のことだけ考えてりゃいいんだよ。じゃあな、しっかりやれ」

国木田は歩道に出ると、顔をしかめて腹の左側をさすった。具合が悪いのだろうか。こちらをちらりと見たあと、国木田は足早に去っていった。

矢代たちは特捜本部に戻ると、パソコンでネット検索を行った。

目的のウェブサイトはすぐに見つかった。続いて矢代は資料の山に手を伸ばす。藤原が持っていた新聞記事のコピーを探して、理沙のほうに差し出した。

「主任、製評機構って知っていますか」

「いえ……。知りません」

「製品品質評価機構という独立行政法人です。昨日見つけた新聞記事に『安全なくらしのために』というイベントの案内があったでしょう。ほら、ここ。これは製評機構のセミナーだったんです」

「藤原さんは、それに参加しようとしていたんでしょうか。滝口もセミナーをよく受講していたというから、もしかしたら一緒に行ったのかもしれませんね」

「製評機構は工業製品の検査業務もやっています。家電製品や石油ストーブなんかの安全テストをしているんですよ。この製品はこういう部分が危険だから消費者のみなさんは注意してください、なんていう情報を流しているようです」

「そういえば藤原さんの奥さんは、五年前に火災で亡くなっている……」理沙は記憶をたどる表情になった。「火元の部屋には石油ストーブがありましたよね。あの火災は奥さんに責任があったわけじゃなく、ストーブに問題があったということですか？」

「藤原さんはそう考えたんじゃないでしょうか。新聞を見てこのセミナーを知ったので、参加して話を聞こうとした。それで記事をコピーして持っていたんですよ」

「可能性はありますね」理沙はうなずく。

理沙は財津係長に架電し、この件を捜査する許可を得た。矢代は、パソコンのデータ分析に取り組む後輩たちに声をかける。

「夏目、俺と鳴海主任は外出するぞ」

「え？　矢代先輩、また出かけるんですか？」

「あとで何か調べてもらうかもしれない。ふたりは特捜本部にいてくれ」

そう言い残して、矢代は講堂の出入り口に向かった。バッグに資料をしまい込み、理沙もあとからついてきた。

製品品質評価機構、通称「製評機構」の本部は渋谷《しぶや》区にあるという。

矢代たちは覆面パトカーで移動した。道の混み具合はいつもとそう変わらない。三十分弱で目的地に着くことができた。

受付で用件を伝えると、五分ほどで担当の職員がやってきた。三十代半ばだろうか、角張った顔をした男性で、ネームバッジには《梅津《うめづ》》とある。

突然訪ねてきた刑事たちを前に、梅津は怪訝《けげん》そうな表情を浮かべていた。

「我々は今、殺人事件を調べています」矢代は状況を先に伝え、相手にプレッシャーをかける作戦に出た。「その捜査の中でセミナーの情報を見つけたんですが、ご存じですよね？　今年の一月五日、大都新聞の朝刊に載っていた募集記事です」

藤原が保管していたA４サイズのコピーを、さらにコピーしたものが手元にある。その紙を、矢代は相手に差し出した。梅津は記事に目を走らせたあと、こう答えた。

「私どもで主催したセミナーですね。新聞に告知が出ましたので、参加者はかなり多かったと思います」

「このセミナーに藤原達治、滝口政志のふたりが参加していなかったでしょうか」

「記録を調べてみないと何とも……」

「調べていただけませんか。今、どうしても必要な情報なんです」

「いや、急にそう言われましても」

梅津は難色を示した。仕事があるから、予定外の作業を強要されては困るのだろう。だが、こちらもゆっくりしてはいられない状況だ。

ここで理沙が口を開いた。相手の目を見ながら、諭すような調子で言う。

「その情報がなければ、殺人犯を逃がしてしまうかもしれません。奴は次の事件を起こす可能性があります。また人が殺害されるおそれがあるんです」

多少誇張が入っているが、可能性という意味ではたしかに考えられることだ。

梅津は動揺し始めたようだった。自分のせいで事件が起こったなどと言われてはまずい、と思っているのだろう。

「参加者のリストを確認するだけのことです。もし見せていただけるのなら、私たちでチェックします」

理沙がそう言うと、梅津は慌てた様子で首を振った。

「そういうわけにはいきません。上司に相談しますから、ここでお待ちいただけますか」

梅津は廊下を急ぎ足で進み、角を曲がって消えた。矢代たちは打ち合わせ用のテーブル席で彼を待った。

十分ほどたったころ、梅津が戻ってきた。

「これが参加者のリストです。今調べてみたら、藤原達治さんはたしかにそのセミナーに参加していらっしゃいました。開催されたのは今年の二月二日です。滝口さんという人は見当たりませんでした」

「リストを見せてもらえますか」

梅津はほかの参加者の名前を隠して、その部分だけ見せてくれた。たしかに藤原の名が載っている。住所、電話番号なども間違いなかった。偽名を使ったのでなければ、滝口はこのとき不参加だったと思われる。

「じつは、このセミナーにはスタッフとして私も参加していました」

「本当ですか?」理沙は身を乗り出した。「どんな内容だったのか教えていただけないでしょうか」

そう言われると思っていたのだろう、彼は別の資料をこちらに差し出した。

「当日配布されたレジュメです。これは差し上げますので」

「ありがとうございます。助かります」

理沙は早速その資料を開き、眉間《みけん》に皺《しわ》を寄せて読み始めた。矢代は彼女が文字フェチ、文章マニアだと知っているからいいが、梅津は理沙を見て不思議そうな顔をしている。

「やはりそうですね」理沙は険しい表情のままつぶやいた。「石油ストーブやガスコンロ、家電製品などの事故に関するセミナーです。これは、一般市民に対する啓蒙《けいもう》活動的なものなんですか？」
「啓蒙活動というか、報告会的なイメージですね。産業界からの参加者も多いですし、大学の先生やメーカーさんからも……」

「この『ヒヤリハット』というのは何です？」

「ヒヤリとしたり、ハッとしたり、という意味です。いや、冗談ではなくてですね、産業界では普通に通じる言葉でして。幸い大きな事故にはならなかったけれど、そうなっていてもおかしくなかった、という状況のことを言います。失敗学の先生はこういう事例をたくさん集めていますよ」

「ここにも事例が載っていますね。石油ストーブから事故が起こりそうになったケースです。布団に足をとられてストーブを倒しそうになった。ストーブに載せていた鍋《なべ》を落として火傷《やけど》をしそうになった。……なるほど。このほかに、寝ていた人が寝返りを打って布団に火がつきそうになった、という事例はありませんか？」

理沙に訊《き》かれて、梅津も資料を覗《のぞ》き込んだ。

「いや、ここには載っていないようですね」

「でも、そういう事故が起こる可能性はありますよね」

「もちろんです。日常生活の中で、さまざまなものが事故の原因になり得ますから」

指先で額を叩《たた》きながら、理沙は資料のページをめくった。あまりに集中しすぎて、自分がどんな顔をしているか、まったくわかっていないようだ。

「ヒヤリハット以外にも、事故の原因はあるはずですよね。利用者が失敗したわけじゃなく、もともと製品に不具合があったということも……」

「そうですね。私どもの機構では製品の安全について情報収集をしています。セミナーやシンポジウムで市民のみなさんにいろいろお伝えしているんです」

「石油ストーブに不具合があるのではないか、と藤原さんは考えた」理沙はひとりつぶやき始めた。「それでセミナーに参加した。そういえば、ISO9000に関する実用書がたくさん書棚にあった。あれは品質管理の本だから、藤原さんが不具合に関する情報を集めていたのだと考えれば、つじつまが合う。さらに彼は北鋭電機にクレームをつけるため、企業情報を調べ始めたのではないか……」

理沙のつぶやきを聞いているうち、矢代の頭にある疑問が浮かんだ。

「主任、ちょっと待ってください」

携帯電話を取り出し、急いで北鋭電機のウェブサイトに接続する。製品情報を素早くチェックしたあと、矢代は言った。

「その筋読みは外れですね。北鋭電機は石油ストーブを作っていません」

「えっ」意表を突かれたという顔で、理沙は矢代を見た。「本当に？　過去にも作っていませんか。あるいは、ほら、OEMというんでしたっけ。北鋭が製品を提供して、他社が販売しているということは？」

「ネット検索してみましたけど、そういう情報はありません。だいたい北鋭電機は家電メーカーですから、電気ストーブを作ることはあっても、石油ストーブは作らないでしょう」

理沙はまた額に皺を寄せ、手元のレジュメに目を落とした。

自分たちの推測は間違っていたのだろうか、と矢代は考えた。藤原がセミナーに参加したことまでは突き止めた。だが、ここで捜査は壁にぶつかってしまうのか。

と、そのうち理沙の表情が変わった。額から皺が消えたかと思うと、彼女の目が大きく見開かれた。

「これ、なんですか。『サイレントチェンジ』というのは」

彼女が指差した部分に目をやって、梅津はうなずく。

「ああ、それはですね……」

梅津の説明を聞くうち、理沙の表情がさらに大きく変化した。彼女は眉《まゆ》をひそめ、身を乗り出すようにして言った。

「それこそが罪の種子だったのかもしれません。梅津さん、詳しく聞かせてください」

理沙が何に気づいたのか、矢代にも理解できた。

今、ふたりの目の前に、事件の全容が浮かび上がりつつあった。

3

製品品質評価機構を出たのは午後六時半過ぎのことだった。

車に乗り込むと理沙はすぐにメモ帳を取り出した。日が落ちて辺りは暗くなってきている。矢代は彼女がメモをとりやすいよう、車内灯を点《つ》けた。

理沙はメモ帳に《エアコン》《液晶テレビ》《ＤＶＤレコーダー》と書き込んだ。

「これらに問題があったとすれば、藤原さんたちがメーカーを詳しく調べていたことが説明できます」

「ただ、製品品質評価機構の資料によると、その三製品で問題を起こしたのは、ほかの家電メーカーなんですよね。北鋭電機の製品では、異状は報告されていません」

「公になっていない事故情報があったんじゃないでしょうか。藤原さんたちはそれをつかんだのでは……」

矢代は資料ファイルを取り出し、藤原が殺害されていた部屋の写真を見つめた。その部屋にはエアコン、液晶テレビ、ＤＶＤレコーダーがある。どれも北鋭電機の製品で、型落ちの状態で買ったと思われるものだ。

写真を確認していくうち、矢代は居間のローテーブルに注目した。

「そういえば、このオードブル皿は何だったんでしょうね」

部屋にあった。

Ａ３サイズの紙が置けるような、大きな品だ。それがなぜか、藤原のひとり暮らしの部屋にあった。

そのとき、矢代の頭にある考えが浮かんだ。まったく突然のひらめきだった。

矢代は考えをまとめようとしながら、理沙に話しかけた。

「もし藤原さんが火災の原因を探っていたとしたら、自分の家が燃えないように、このオードブル皿を使っていたんじゃありませんか？」

「どういうことです？」と理沙。

「金属製のオードブル皿の上なら、少し発火しても火事にはならないでしょう」

理沙はまばたきをした。何か考えているようだったが、そのうち彼女は「ああ！」と大きな声を出した。

「つまり、この上に何かを載せていたと……。でも、いったい何を？」

「そこで思い出すのが、これです」

矢代は別の資料を指差した。五年前、火災が発生した藤原宅の見取り図だ。

「ひとつだけ、正体のわからない家電があるんですよ。ほら、これ。『照明器具』とされていたものです」

テレビの横、壁際にあった品だ。プラスチックの容器にガラスが嵌《は》め込まれ、中にライトが入っていたという。

「この照明器具、Ａ３サイズぐらいに見えますよね。ちょうどオードブル皿に載るんじゃないかな」

「たしかに……。これが何なのか、調べられますか？」

「連絡してみましょう」

矢代は夏目に電話をかけ、その家電の調査を依頼した。谷崎とふたりでネット検索してほしい、できるだけ急いでくれ、と伝える。

写真を見ていた理沙は、ふと思いついたという顔でつぶやいた。

「そういえば芳華堂の遠山先生から、まだ連絡はないですよね」

独居老人がこうした皿を使うとしたらどういう理由か、考えてみる、と遠山は言っていた。理沙は携帯を取り出して、遠山の店に電話をかけた。

「……あ、先生、鳴海です。この前のオードブル皿ですが、思いついたことはありませんか。……じつは私のほうで、手がかりになりそうなことがあって。……被害者が家電の事故情報を集めていたんです。それから、ある照明器具も関係ありそうな気がします」

理沙は先ほどのレジュメを見ながら、遠山に状況を説明している。そのうち、彼女の声が高くなった。

「えっ、本当ですか？　奥さんに代わっていただけますか。……ああ、奥さん、鳴海です。この前おっしゃっていた件と、オードブル皿の件、もしかしてつながりますか？」

数分話してから、理沙は電話を切った。彼女は矢代のほうを向くと、もったいぶるような笑みを浮かべた。何かに気がついたという顔だ。

「家電の正体がわかったかもしれません。この件、夏目さんたちに伝えて、裏をとってもらいます」

理沙は夏目に架電し、調査を依頼した。五分後にコールバックがあり、その製品で間違いない、ということになった。

ひとつ謎が解けて、理沙はほっとしたようだ。だが、すぐに表情を引き締めた。

「ここまではいいとして、次に人間関係を整理しましょう。今までにわかったこと、わかっていないことを分類して全体像をつかむんです」

メモ帳や捜査資料を見ながら、理沙は自分の考えを説明し始めた。矢代がときどき質問を差し挟み、それを受けて理沙は推理を訂正していく。つじつまの合わないところを、ふたりで順番につぶしていった。

「この考えを進めていくと、滝口政志さんは純粋な被害者だったことになります。一時的にでも犯罪者扱いしたのは申し訳ないことでした」

理沙は表情を曇らせる。だが、すぐに気を取り直した様子で、メモ帳のページをめくった。

さらに議論は続き、いよいよ事件の細部が見えてきた。

理沙は、メモ帳にある人物の名前を書き込み、大きく丸を付けた。

「やはり事件の中心にいたのはこの人です。至急、居場所を確認して監視態勢をとりましょう」

「そうですね。高飛びされては困るし」

「いえ、もっとまずいことになるかもしれません。このあと、第三の事件が起こる可能性もあります」

真顔になって理沙は言った。それが決して誇張ではないことを、矢代は悟った。

理沙はメモ帳を見ながら、携帯電話を操作した。呼び出し音が続く間、彼女は指先で空中に文字を書いている。緊張をほぐすためだろうか。それとも推理を進めているのだろうか。

やがて相手が出たようだ。理沙は口を開いた。

「警視庁の鳴海と申しますが……」

電話の相手に対して、理沙はある人物への取り次ぎを依頼した。だが、思ったような回答は得られなかったらしい。

礼を言ってから彼女は電話を切った。

「会社に問い合わせたんですが、今日は用事があると言って帰ったそうです。携帯に連絡してもらうよう頼みましたが、あまり期待できないでしょう」

「もう会社を出てしまったのか……」

「こんなに早く帰るのは珍しいということでした」

矢代の頭の中に嫌な予感が広がった。理沙の言うとおり、このあと第三の事件が起こってしまうのではないか？

「財津係長に報告しましょうか」と矢代。

「そうですね。私は古賀係長に電話しましょうか」

矢代は携帯を手に取って財津に架電した。幸い、二コールで相手につながった。

「はい、財津です」

「お疲れさまです、矢代です。製品品質評価機構で重要な情報が得られました」

これまでの経緯を手短に報告する。真相が推理できたと聞くと、普段のんびりしている財津も驚いていた。

「古賀さんにも伝えたほうがいいな。俺から電話しようか？」

「今、鳴海主任が報告しています。応援を求めるようです」

「わかった。おまえたちはこのまま捜査を続けてくれ。俺は今、別の特捜にいるが、すぐ練馬署に向かう」

「お願いします」

通話を終えて、矢代は隣の助手席を見た。ちょうど理沙も電話を切ったところだ。

「四係で川奈部さんを中心に、捜索班を編成してもらうことになりました」理沙は言った。「私たちもこのあと『マル対』を捜します。関係先から情報を集めて、居場所を突き止めましょう」

マル対とは捜査の対象者だ。今矢代たちが追跡し、発見しなければならない人物のことだった。

「まず、マル対の勤務先に向かいます」

矢代はエンジンをかけ、面パトをスタートさせた。暗くなった路面をヘッドライトが照らしだす。前方の車のテールランプが赤く光っている。

理沙はマル対の立ち回りそうな場所に、連絡をとり始めた。

「……警視庁の鳴海と申します。先日おうかがいしたんですが、あらためてお訊《き》きしたいことがありまして……」

次々と電話をかけ、最近のマル対の動向を探っていく。ここ数日、その人物に不審な動きはなかったか。今日、何かに動揺している様子はなかったか。夕方、誰かと会うと話していなかったか。

やがて面パトは目的地——恵比寿の北鋭電機に到着した。車を降りて、矢代と理沙は建物に駆け込んでいく。先ほど理沙が電話した社員を呼んでもらい、ある人物のことを質問した。

「ここを出たのは何時ごろでしたか」と理沙。

「五時半ごろだったと思います。こんなに早く帰るのは珍しいので、どうかしたんですかって訊いたんですが……」

「どこへ行く予定だとか、何か言っていませんでしたか。些細《ささい》なことでもけっこうです。なんとか思い出してください」

早口になりながら理沙は言った。相手は面食らっていたが、それでも記憶をたどりながら答えてくれた。

「そういえば今朝、三鷹《みたか》倉庫がどうなっているか訊かれました」

「三鷹倉庫？」

「ええ、北鋭電機の倉庫はあちこちにあるんですが、三鷹にもひとつあったんです。そこは三ヵ月前に移転して、今は空っぽなんですよね。もうじき取り壊しになるはずだって、答えたんですけど」

理沙は眉《まゆ》をひそめた。何かが引っかかると感じたようだ。

「その倉庫の場所を教えていただけますか」

「え？　ああ、はい。でも空っぽの建物があるだけですよ？」

社員は怪訝《けげん》そうな顔をしたが、パソコンを操作して住所を教えてくれた。

ほかにも思い出したことがあれば電話をくれるよう伝えて、矢代と理沙は車に戻った。

「どう思います？」

真剣な顔で理沙が尋ねてきた。シートベルトを装着しながら、矢代は腕時計を見る。

「鳴海主任は、行くべきだと思っているんですよね？」

「確証はありません。ただの勘ということになりますけど……」

「賛成二票、反対する者はいません」矢代は言った。「俺も行くべきだと思います。確認しておかないと、きっと後悔するでしょうから」

その言葉に後押しされた様子で、理沙は深くうなずいた。

「矢代さん、三鷹に向かってください」

了解です、と答えて矢代はすぐに面パトをスタートさせた。


午後七時二十分。矢代たちの車は三鷹市の郊外を走っていた。

教えてもらった住所にやってくると、ヘッドライトの中に大きな建物が浮かび上がった。無骨な印象のある、四角い倉庫だ。高さは二十メートルほどもあるだろうか。

以前はここに家電製品が保管され、大勢の社員が働いていたらしい。だが今、窓にはまったく明かりがなく、フォークリフトやトラックのエンジン音も聞こえない。

車を降りて、矢代たちは敷地の出入り口に近づいた。正面の門は閉ざされていたが、脇に通用口がある。矢代は白手袋を嵌《は》めて、通用口のドアに手をかけた。何の抵抗もなくドアは開いた。

「誰かが錠を壊して中に侵入したのか、それとも、北鋭電機の社員が施錠し忘れたのか……」

矢代がつぶやくと、理沙は難しい顔をしてこちらを向いた。

「応援を待つべきだと思いますが、緊急性が高いようなら動きましょう。責任は私がとりますから」

「静かに」

矢代は小声で言った。理沙は驚いて口を閉ざした。

薄闇の中で目を凝らすと、建物一階で明かりがちらちら動いているのが見えた。何者かが窓の近くにやってきて、前庭を覗《のぞ》いた。敷地の外にある外灯が、かすかにその顔を照らしだす。

北鋭電機、品質管理部の課長、真島光利だ。

彼は前庭を確認したあと、窓に沿った廊下を歩きだした。

――やはり、ここで第三の事件が……。

「鳴海主任、入りますか？」矢代は尋ねた。

「住居侵入罪でいけるでしょうか。いや、もう少し様子を見たほうがいいかも」

理沙は迷っているようだ。だが彼女が決めかねているうち、状況が変わった。

暗がりから誰かが飛び出して、真島に襲いかかったのだ。ハンドライトが床に落ちたらしく、廊下は真っ暗になった。

「突入します！」

矢代は敷地の中に入った。慌てて理沙もあとからついてくる。

雑草の生えた前庭を、矢代は全力疾走した。先ほど真島がいた辺りに着くと、窓ガラス越しに廊下を覗き込んだ。ふたりの人物が激しく争っている。不審者は特殊警棒らしきもので真島を殴打した。

真島がひるんだ隙に不審者はロープを取り出し、うしろへ回り込んだ。首にロープをかけられ、真島は苦しそうな顔をする。

まずい、と矢代は思った。建物の入り口を探している暇はない。辺りを見回すと、うまい具合に鉄パイプが落ちていた。それをつかんで思い切り窓ガラスに叩《たた》きつけた。

激しい音がしてガラスが割れ、破片が廊下に飛び散った。ロープを持った不審者は、はっとした様子でこちらを見た。帽子をかぶり、眼鏡をかけて顔を隠している。

「警察だ！　おとなしくしろ」矢代は大声で威嚇した。

その声を聞いて、不審者は犯行をあきらめたらしい。真島を強く突き飛ばした。

矢代は窓枠に残った破片を鉄パイプで崩した。充分なスペースが出来ると、窓から建物に進入する。倒れている真島に駆け寄り、急いで抱き起こした。息はあるようだ。

「矢代さん、犯人が逃げます！」

窓の外で理沙が声を上げた。彼女が指差す先に、逃走するうしろ姿が見える。

「ここを頼みます」

言い残して、矢代は走りだした。

廊下は薄暗く、あちこちに紙ごみや段ボール箱が放置されている。ときどき足を取られるから、全力疾走するのは難しい。

犯人は内部のレイアウトに精通しているらしく、迷うことなく階段を上りだした。数秒遅れて矢代も階段に差し掛かる。

階段は思ったよりも長かった。情けないことだが、途中で息が切れてきた。

何十段上ったころか、前方に半開きのドアが見えた。犯人はあそこから外に出たのだろう。ためらいなくそのドアを抜けると、正面から強い風に煽《あお》られた。

建物の屋上だ。

──奴はどこに行った？

素早く辺りに目を走らせる。十メートルほど先、屋上の縁に黒い影が見えた。民家やマンションの明かりを背にして、犯人はこちらを向いた。帽子と眼鏡のせいで表情はわからない。

屋上の手すりは、犯人の腰ぐらいの高さしかなかった。もう逃げ道はどこにもない。下手をすると、奴は手すりを乗り越えようとするかもしれなかった。

「ここまでだ。逃げられないぞ」

矢代がそう言うと、犯人はゆっくりと首を左右に振った。

「警察に捕まるぐらいなら、俺はもう……」

その声には聞き覚えがある。やはりあの男だ。理沙と矢代で組み立てた推理は正しかったのだ。

「話を聞かせてくれないか」矢代は穏やかな調子で話しかけた。「おまえにも言い分があるはずだ。何も理由がないのに、あんなことをするわけがないよな」

「あんたに話しても仕方がないよ。もう終わりだ。何もかも俺のせいにして、すべて丸く収まるんだろうさ。それがあの会社のやり方だ」

「だが、おまえは悔しいと思っているんだろう？」

矢代に言われて男は黙り込んだ。図星だな、と矢代は思った。そうだ。どうしようもなく悔しいと感じたからこそ、奴は割に合わない犯行を続けてきたのだ。

突然、男は身を翻し、手すりを乗り越えようとした。だが吹き上げてくる風に怯《おび》えて、一瞬動きが鈍った。

その隙に矢代は突進し、危ういところで男の腕をつかんだ。相手を羽交い締めにしてうしろに引く。手すりから引き離され、男は床に倒れ込んだ。

荒い息をつきながら矢代は言った。

「この倉庫で死んだら、北鋭電機へのあてつけになるのか？　それほど簡単な話じゃないはずだ。そうだろう、小久保」

矢代に組み伏せられたまま、飛鳥テクニカの社長、小久保彰は苦しげに呼吸をしていた。その表情にはもはや経営者の威信も、技術者の自信も、何ひとつ残っていない。

「小久保、自分の口ですべてを語ったらどうだ」

「今さら話したところで、どうにもならないんだよ！」

「俺が聞きたいんだ」矢代は言った。「おまえの話、最後までしっかり聞いてやる」

足音がして、理沙が屋上を駆けてくるのが見えた。矢代は彼女に向かって、大きく右手を振ってみせた。

4

廃倉庫の周りに、パトカーの回転灯がいくつも灯《とも》っている。

周辺の住民たちが、何事かと不安げな顔をして集まっていた。立ち入り禁止テープが張られた一角へ、矢代と理沙は被疑者を連れていく。

古賀係長と川奈部主任がこちらに近づいてきた。それに気づいて、理沙は彼らに深く頭を下げた。

「係長、経過報告が遅れてすみませんでした。この倉庫に着いてすぐ、真島さんが襲われるのを見たものですから、緊急事態と判断して突入せざるを得ず……」

「OK、話はあとで聞く」古賀は無表情な顔でうなずいた。「文書解読班は川奈部とともに、被疑者から話を聞け」

「わかりました」理沙はもう一度頭を下げる。

襲われた真島光利は軽傷だったが、念のため救急車で病院へ搬送されたそうだ。

午後九時過ぎからワンボックスタイプの警察車両で、小久保彰への聴取が始まった。メンバーは川奈部、理沙、矢代の三名だ。古賀係長は、現場の鑑識活動などを指揮するということだった。

「小久保さん、これからあなたに事件のことを質問します」

そう言ったのは理沙だった。犯人を発見し、逮捕したのは文書解読班だ。それを考慮して、理沙が事情聴取できるよう古賀がはからってくれたのだ。

「私たちは事実を知り、問題のあるところは公表していきたいと考えています。ですから包み隠さず、すべてを話してください」

「公表するといったって限度があるでしょう?」

小久保は低い声で尋ねた。ジーンズにスタジアムジャンパーというラフな恰好《かっこう》をしていたが、刑事たちに囲まれて、彼の表情は険しい。目は充血し、髪も乱れて、疲れた中年男という印象が強かった。

「たしかに限度はあります。それでも、何もしないよりいいんじゃないですか? 今回の一件は誰かひとりの責任ではないと、私は考えているんです」

それを聞いて、小久保の表情に変化がみられた。理沙の言葉は、小久保の中に渦巻く感情を刺激したようだ。

「……わかりました。いいですよ。答えられることは答えます」

小久保はこちらに向かってそう言った。うなずいて、理沙は話し始めた。

「最初に殺害された藤原達治さんのアパートには、部屋のサイズに比べるとかなり大きめのエアコン、大きめの液晶テレビ、そしてDVDレコーダーがありました。エアコンと液晶テレビはだいぶ前に発売されてお店の在庫になっていたものを、安く買ったのではないか、と思われます。どれも北鋭電機の製品でした。なぜこの三点があの部屋にあったのか。……捜査資料を確認したところ、その三つは五年前に火災が発生した部屋で使われていたものと、同型だとわかりました。藤原さんは五年前に火災で奥さんを亡くしています。これまで私たちは、火災の原因になったのは石油ストーブだと思っていました。しかし藤原さんは製品品質評価機構のセミナーに参加したり、ＩＳＯ９０００関係の本を読んだりして情報を集め、火災の原因はストーブではないかもしれない、と思ったんじゃないでしょうか。中でも一番気になったのは製評機構の資料でしょう。そこにはサイレントチェンジのことが書かれていたんです。サイレントチェンジ、ご存じですよね？」

理沙は小久保をじっと見つめた。先ほど、答えられることは答えると言ったばかりなのに、小久保は黙り込んでいる。

しばらくその様子を観察してから、理沙は続けた。

「藤原さんはその三つの家電が発火するかどうか調べていたのではないか、と私たちは考えました。……と同時に、あの部屋にもうひとつ奇妙なものがあったことを思い出したんですよ。ローテーブルの上のオードブル皿です。あれは金属製で燃えないものだと気がついたとき、私たちはこう推測しました。もしかしたら藤原さんは、あの皿でも発火のテストをしていたのではないか、と」

小久保は身じろぎをした。彼は硬い表情のまま、舌の先で唇を湿らせた。

「そこで出てくるのがサイレントチェンジです」理沙はメモ帳を開いた。「コスト削減などの理由でサプライヤー、つまり部品を供給する会社が、勝手に仕様を変えてしまうことです。家電メーカーがサプライヤーと最初に打ち合わせたときには、Aという素材でパーツを作り、納品してもらうことになっていた。サプライヤーはパーツの試作品をAで作り、充分な性能が発揮されます。その後納品されたパーツもすべてAで正しく作られているから、何ら問題はありません。

ところが何年かたったころサプライヤーは約束に反して、Bという安い素材でパーツを作るようになる。見た目はAのときと変わらないし、機能もそれほど違わないので家電メーカーは気がつかない。しかし製品が市場に出回ってしばらくすると、Bが使われているパーツはAのときより早く劣化して故障が起こりやすくなるんです。家電メーカーに内緒でこっそり素材を変えてしまうから、サイレントチェンジと呼ばれています。元は海外のサプライヤーにみられた不正ですが、それが今回、あなたの会社でも行われたんじゃありませんか？」

サイレントチェンジのことは製評機構からもらった資料に記されていた。セミナーでも説明されたというから、藤原は驚きをもってそれを聞いたに違いない。

いや、待てよ、と矢代は思った。藤原は先にISO9000のことを知って本を集め、品質管理について勉強する中で、サイレントチェンジを知ったのかもしれない。

「そのセミナーで、いくつか火災の例が説明されたんです。エアコンや液晶テレビ、DVDレコーダーの電源ユニット部分から発火したというものです。これを聞いて、藤原さんは昔使っていたのと同じ型の家電をあらためて買い求め、発火が起こらないか調べていたんだと思います。買ったのは液晶テレビ、エアコン、ＤＶＤレコーダー、そしてライトテーブル……。ライトテーブルとはこういうものですよね？」

　理沙は携帯電話の液晶画面を、相手のほうに向けた。そこに問題の製品が表示されている。数センチの厚みがあり、Ａ３サイズより一回り大きい、平たい板のような装置だ。上面にガラスが嵌《は》め込まれていて、下からライトで照らされているのがわかる。

「裏から光を当てて、文字や図を写し取るための装置です。筆を使って、賞状や招待状の宛名《あてな》を書くのに使われます。そのほか漫画の原稿や、キルト生地に図を写し取るときにも便利だそうです」

　理沙は芳華堂の遠山時枝から、そのことを聞き出したのだ。パッチワークキルトの布に図案を描き写すのが大変だ、と彼女は話していた。また、そのとき話題に出たのは、専門の「テーブル」を使うと、裏から透かして賞状も書ける、ということだった。

「亡くなった藤原克子さんは趣味のパッチワークキルトのために、ライトテーブルを持っていたんだと思います。脳梗塞《のうこうそく》で倒れたあとは使えなかったはずですが、たぶん電源プラグをコンセントに挿したままにしていたんでしょう。それが原因で火災が起こったのだと、私は考えています。

　火災の直後、藤原達治さんはショックで話もできない状態になりました。そのせいで警察や消防の現場検証にも立ち会えず、焼け跡にあったライトテーブルは、単なる『照明器具』と記録されてしまった。そのまま藤原さんは三ヵ月ほど、姉や甥《おい》の世話になっていたようです。しかし時間がたつうちに藤原さんは気力を取り戻し、火災の原因を調べ始めた。

その調査の中でエアコンなどの家電を買い、さらにライトテーブルを買ってオードブル皿の上に置いた。ずっと通電しておけば、いつか発火するかもしれないと思ったんじゃないでしょうか。……あなたは藤原さんを殺害したとき、ライトテーブルが置いてあるのに気がついた。そのまま残しておいたら警察にヒントを与えてしまうと考え、それを持ち去ったんですよね？」

「素人があれこれ試しても、簡単に再現できるわけじゃありませんよ」

ようやく小久保は口を開いた。それを受けて、川奈部が尋ねた。

「どういうことだ？　テストのプロでなければ再現できないという意味か。それとも、もともと不具合なんてなかったと言うつもりか？」

「不具合と言われるのは心外です」小久保は少し声を強めた。「たしかにうちの会社で、パーツの仕様を変えました。でもそれだけなら、発火なんて起こるはずがなかったんです。原因は北鋭電機にもあったんですよ」

「ここに来て、おまえは北鋭電機に責任転嫁しようというのか」

川奈部は意地の悪い言い方をした。むろんこれは挑発だ。

小久保はその挑発に乗って、口を尖《とが》らせた。

「責任転嫁じゃありません。北鋭側も、我々が知らないうちに電源ユニットの仕様を変えていたんです。その結果、最悪の事態になってしまった。長時間使用するうち、過熱して発火することがわかりました。どちらか一方の仕様変更なら、こんなことにはならなかったのに……」

「それはお互いさまという感じじゃないのか」と川奈部。

小久保は膝《ひざ》の上で拳《こぶし》を握り締めている。その様子を見ながら、理沙が尋ねた。

「発火した製品は、やはりライトテーブルですね？」

「そうです」小久保は低い声で答えた。「ごく稀《まれ》に発火が起こる可能性があると見抜いたのは、北鋭電機の品管にいる真島さんでした。あの人はうちのパーツの検収を担当していたんですが、一度ＯＫを出したあとも、ときどき抜き打ちで検査していたそうです。そんな中、うちの仕様変更に気づいたということでした。まずいことに私の会社では、ライトテーブルだけでなく、ＤＶＤレコーダーのパーツにも仕様変更を行っていました。それも見つかってしまったんです。

私は真島さんに呼び出されて、事情を訊《き》かれました。最初はごまかそうとしましたが、パーツを分解され、証拠を突きつけられて言い逃れできなくなりました。どうしてこんなことをしたのか、と真島さんに叱責《しっせき》されましたよ。そんなことはわかっているだろうに、と私は言いたかった。それもこれも、北鋭電機がコストにうるさくなったせいです。今彼らは下請け会社や私たちサプライヤーに対して、ひどく高圧的になっていました。

までと同じ仕事を発注しても、大幅に値切ってくるんです。うちも商売ですから採算が合わない仕事はしたくありません。でも北鋭電機には世話になった義理もあります。できないとは言えませんでした。

そういったことを話すと、真島さんは私をなじりました。我々にコスト減を迫ったのはパーツを発注する資材部。それに対して真島さんは品管です。あの人は自分の仕事を一生懸命やっているだけなんですよね。それはわかりました。でも……しかしね、私から見ればどちらも北鋭電機という会社の中の部署です。あんたら北鋭が撒《ま》いた種でしょう、と言いたい気分でした」

ここで、矢代は不思議に思って尋ねた。

「小久保、ちょっといいか。前におまえは言っていたよな。十年前、飛鳥テクニカがつぶれそうになったとき、資材部の部長に助けられたって。それ以来、北鋭の仕事は無理しても引き受けるようにしてきたって」

「だからですよ」小久保は強い調子で答えた。「当時資材部の部長だった高橋さんに、私は心から感謝していました。北鋭電機に忠誠を尽くすつもりでいた。ところがその後、北鋭電機で派閥争いがあって、高橋さんは掃きだめのような部署に飛ばされてしまったんです。後任の部長は利益だけを追求する、人間味のかけらもない男でした。高橋部長と懇意だったうちの会社は目のかたきにされ、それまでよりかなり値切られた上に、仕事の量も減らされました。今までうちが受けていた仕事が、ほかのサプライヤーにとられるようになってしまった。私の会社は徐々に苦しくなって、よその家電メーカーの仕事も受けるようになりました。それを知った資材部長は、北鋭電機の技術情報を他社に流しているんじゃないかと言いがかりをつけてきたんです。そんなことは絶対していないと説明しましたが、聞いてもらえませんでした。あの部長には何を言っても無駄だという雰囲気がありました」

そういう事情があって、飛鳥テクニカの経営状態は悪化していった。その結果、コストを減らして自社の利益を出すため、小久保はパーツの仕様を変えてしまったのだ。

「真島さんは几帳面《きちようめん》な人ですから、上司に報告するかどうか迷ったそうです。ここは難しいところですが、仕様変更後のパーツを使っても必ず不具合が出るわけではありません。発火する確率はごく低いもので、そのまま五年、十年と使ってもトラブルが起こらない可能性のほうが断然高かったんです。一度市場に出た製品を回収したり修理したりするのは大変なことです。費用がかかるのも問題ですが、それ以上に会社のイメージダウンが怖い、と真島さんは言っていました。

それからもうひとつ。もし、コスト減を強いられたせいで仕様変更したとわかったら、品管の真島さんが資材部の部長を批判するような形になってしまいます。真島さんも組織に所属する人間ですから、立場上それはまずいと思ったんでしょう。結局この仕様変更については黙っていよう、ということになりました。そういうわけでサイレントチェンジの事実を知っているのは、北鋭電機の中では真島さんだけだったんです」

「ところが、そこで大変なことが起こったんですね」

理沙が尋ねると、小久保は眉《まゆ》をひそめた。

彼は苦いものを口にしたような表情で、自分の膝をじっと見つめた。

しばらくためらう様子を見せたが、小久保は続きを話し始めた。

「今から五年前、練馬で火災が起こりました。発生直後、それがサイレントチェンジのせいだと思った人間はひとりもいなかったはずです。私たちもそんな火災のことはまったく知りませんでした。ところが今年の三月になって、藤原達治さんが北鋭電機にしつこく問い合わせをするようになりました。おたくのテレビやエアコン、DVDレコーダー、あるいはライトテーブルから火事が起こる可能性があるんじゃないのか、と」

「二月二日に製評機構のセミナーを受けて、サイレントチェンジを知ったからですね」

理沙の質問に、小久保は深くうなずいた。

「そうだと思います。藤原さんは時間をかけてかなり詳しいことまで調べていました。最初は北鋭電機も丁寧に対応していたようですが、そのうちあの人はクレーマーだという話になりました。その噂が社内で広がって、品管の真島さんの耳にも入ったそうです。真島さんは驚いて私に連絡してきました。藤原さんは北鋭電機を告発すると息巻いていたらしい。もしサイレントチェンジが明らかになれば、北鋭電機のイメージダウンは避けられないし、仕様変更を隠していた真島さんも社内で責任を問われます。そして今年の七月、藤原さんは弁護士を連れてくるようになりました。非常にまずい状況でした。私の前で真島さんは、いよいよDVDレコーダーとライトテーブルを回収するかもしれない、と言いました。そうなった場合、北鋭電機としては飛鳥テクニカに損害賠償請求をすることになるだろう、とも。目の前が真っ暗になるような気分でした。ただでさえ経営が苦しいのに、ここで損害賠償請求などされたら、うちの会社は倒産します。私には病気の娘がいます。従業員にも年老いた親の面倒を見ている者が大勢いる。彼らを路頭に迷わせるわけにはいかなかったんです。だから私は……」

「告発者がいなくなれば問題はなくなる。そう考えたんだな」

小久保の顔を覗《のぞ》き込みながら、川奈部が言った。

あまりに短絡的だ、と矢代は思った。これが長年会社を経営してきた、四十七歳の男が考えることだろうか。

矢代が口を開こうとすると、理沙が身を乗り出して小久保に尋ねた。

「ちょっと待ってください。今、弁護士と言いましたよね。それはもしかして、吉沢知邦さんのことじゃありませんか？」

あ、と矢代も声を上げた。吉沢といえば、国木田たちが追っている事件の被害者だ。九月十一日に彼の遺体が発見され、国木田たち八係は特捜入りしたのだ。それは矢代たちの特捜本部が設置される三日前のことだった。

「小久保さん、あなたは藤原さんの前に、吉沢さんを殺害していたんですか？」

理沙に追及され、小久保は言葉を探すような表情になった。しばらくそうしていたが、やがて空咳《からせき》をして、彼は答えた。

「吉沢という男は、本当に弁護士だろうかと疑いたくなるような奴でした。品性が下劣なんですよ。最初から高圧的だったし、やり口は巧妙、狡猾《こうかつ》という印象でした。あとで調べたところ、何人もの依頼人を騙《だま》すような方法で、利益を得ていたらしいとわかりました。とんでもない拝金主義者です。ハイエナのような奴でしたから、このままでは北鋭電機も私の会社もめちゃくちゃにされると思いました。だから、まず吉沢を殺したんですよ。北鋭電機の者だと偽って、金を渡すという話で、南千住の廃ビルに呼び出しました。そして石で頭を殴った。ところが、あいつはなかなか死ななくてね。これは困ると思って、次の事件を起こすときはロープで絞め殺すことにしたんです」

趣味のことか何かのように、淡々とした口調で小久保は話した。矢代は不快に思いながら、それを聞いていた。

「翌日、私は真島さんから、クレーム主である藤原さんの住所を聞き出しました。下見を済ませ、九月十三日の夜、火災の件で相談があると言って、私は藤原さんの部屋を訪ねた。隣の二〇二号室が空き部屋だったのは幸いでしたね。ロープで彼を殺害したあと、物盗《ものと》りの犯行に見えるよう、私は財布や預金通帳、携帯電話などを持ち出しました。それから、発火の原因であるライトテーブル。あれも持ち出す必要がありました」

「藤原さんの殺害について、真島さんには？」と理沙。

「事前に相談はしていません。だから突然藤原さんが殺されたと聞いて、真島さんは驚いたはずです」

そういうことか、と矢代は納得した。だから自分たち刑事が聞き込みに行ったとき、真島は深刻な顔をしていたのだ。

「ところが誤算がありました」小久保は理沙の顔を見つめた。「藤原さんは生前、サイレントチェンジのことを甥《おい》の滝口さんに話していたんです。滝口さんは昔、藤原さんの奥さんにかなり世話になったそうで、調査に協力したようですね。ふたりはたまに打ち合わせをしながら、別々に情報を集めていた。弁護士の吉沢には滝口さんが相談したようです。ただ、実際にクレームをつけに行ったのは、ほとんど藤原さんひとりでした。吉沢がクレームにつきあったのは、最後の数回だけだったはずです」

矢代は記憶をたどった。今年の一月二十四日、常盤台にある畑中宅の防犯カメラに滝口が映っていた。あれは藤原克子の命日に、かつて火災のあった場所を見にいったのに違いない。

「藤原さんは北鋭電機のことだけを調べていましたが、滝口さんはその後、うちの会社も関係あることに気づいたようです。まあ藤原さんも、うちの会社が関わっているらしいという話は、滝口さんから聞いていたようですがね。……こうした経緯は、藤原さんから直接聞き出しました。殺す直前にね」

ここまで話したとき、急に小久保の目が冷たくなったように思えた。犯罪者の顔だ、と矢代は思った。あれは一線を越えてしまった人間の、切羽詰まった目だ。

「藤原さんが死亡したあと、滝口さんは北鋭電機の人間が犯人ではないかと疑ったようです」小久保は続けた。「それで北鋭に話を聞きに行ったけれど、これもクレーマー扱いとなった。そのことをまた社内の噂で聞いて、真島さんはまずいと感じたようですね。そうこうするうち、今度は滝口さんも殺されてしまった。それを知ったとき、真島さんは薄気味悪く思ったはずです」

「藤原さんは本人の自宅で殺害した。しかし吉沢さんは南千住の廃ビル、滝口さんは成増の廃アパートで殺害している。それぞれ土地鑑があったのか?」

矢代が質問すると、小久保は何を思い出したのか微笑した。

「人を殺すと決めた場合、場所選びには気をつかいます。私はずいぶん悩みました。吉沢のときは、彼の自宅近くにいい廃ビルがあったので、そこを使いました。藤原さんのときは、隣が空き部屋だから手早く済ませれば、アパートの部屋でもなんとかなると思った。まあ、ちょっと物音を立ててしまいましたがね。……殺害する前、私は藤原さんの部屋で十分ぐらい話したんですよ。できることなら北鋭電機へのクレームをやめてほしかった。そうすれば藤原さんを殺さずに済むのではないか、という迷いが私の中にあったからです。

ところが話をするうち藤原さんは感情的になって、私を脅すようなことを言い出しました。手帳を見せて『俺は覚悟を決めている。あんたたちに復讐《ふくしゅう》する計画を立ててある』と言うんです。たしかにそこには、三件の計画が記入してありました。藤原さんはそれを、事細かに説明してくれましたよ」

矢代ははっとして資料ファイルを開いた。藤原の事件現場に落ちていた、計画メモのコピーを取り出す。

「これと同じものじゃないか？」

小久保はそのメモに目を落とした。内容を確認してから彼は答えた。

「手帳に書いてあったのは、これより具体的な計画でしたね。殺害方法や場所まで、詳しく検討してあるようでした」

「ということは……」矢代は思案を巡らした。「先にメモを書いて、それを手帳に書き写したのか。そういえば、相田デザインの社長が話していた。勤めていたころ、藤原はメモしたことを手帳に写して、アイデアを膨らませていた、と」

「メモを書いたのは、甥の滝口さんですよね」

そう言ったのは理沙だった。彼女は矢代の顔を見たあと、小久保に視線を向けた。

「指紋が付いていたし、筆跡も滝口さんのものでした。ということは、もともと殺人の計画を立てていたのは滝口さんだったことになります」

「ああ……その可能性はありますね」小久保は記憶をたどる表情になった。「滝口さんは北鋭電機と私の会社、飛鳥テクニカのことを詳しく調べて、藤原さんに報告していたようです。ふたりで事件のことを話すうち、どこまで本気だったかわかりませんが、メーカーに復讐する計画を立てたんじゃないでしょうか。最初に滝口さんがメモして、それを受け取った藤原さんが、計画を膨らましたんですね。

手帳によると、計画1では北鋭電機の総務部長・磯貝さんをやるつもりだったようです。クレームをつけに行ったとき磯貝さんに冷たくあしらわれた上、火事になったのは奥さんのミスだと言われたそうですから、藤原さんはかなり恨んでいたんでしょう。そして計画2が飛鳥テクニカの社長である私、計画3が北鋭電機の真島さんということでした。……滝口さんのメモには載っていませんが、その後、藤原さんはひとりで計画を具体化して、殺害する場所の住所まで手帳に書いていたんです」

「滝口さんのメモは、最初から藤原さんの家にあったんですね。あれは犯人が落としていったのではなく、揉《も》み合いになったときテーブルから床に落ちたわけか」

矢代が腕組みをして考え込んでいると、小久保はメモから顔を上げた。

「藤原さんは本当に几帳面な人でした。あらかじめ下見して、もし事件を起こすならここで、と細かい場所まで決めていたようです。最初は荻窪《おぎくぼ》の廃屋、次は成増の廃アパート、そして使われていない北鋭電機の倉庫というふうにね。最後は墜落死、つまり自殺とすることで、真島さんに罪をかぶせる構想のようでした。……この計画を見て私は感心しました。そこまで念入りに調べてくれたのなら、ぜひ使わせてもらおうと思った。藤原さんを殺したあと、手帳を持ち去って、自分でも詳しく検討したんです。荻窪はあまりいい環境ではなかったのでやめましたが、成増の廃アパートと、北鋭電機の三鷹倉庫は邪魔が入らない、いいロケーションでした。それで、滝口さんと真島課長を襲う場所として使わせてもらったんです」

この殺害計画は、もともと被害者の藤原と滝口が立てたものだったのだ。それを犯人である小久保が流用したというわけだ。

計画１　室内　窒息　ロープ　→【予定】北鋭電機・磯貝部長（荻窪の廃屋）
計画２　室内　窒息　ロープ　→【予定】飛鳥テクニカ・小久保（成増の廃アパート）
計画３　屋上　墜落　　　　　→【予定】北鋭電機・真島課長（北鋭電機の三鷹倉庫）

「でも実際のところ、滝口さんをやるときは苦労しましたよ。会社を出たあと彼は車で事故を起こして、咄嗟《とっさ》に逃げてしまったんですよね。まったく、なぜあの日、あのタイミングで事故なんか起こすんだろうと、舌打ちしたくなりました。でも人生には往々にしてこういう奇妙な偶然が起こります。……藤原さんの携帯を使って私が電話をかけると、滝口さんは驚いていました。この電話はごみ収集ステーションで拾ったものだ、と私は嘘をつきました。頻繁に通話していた履歴があったのであなたに電話してみたが、この携帯の持ち主を知っていますか、と尋ねたんです。私は藤原さんの手帳に書かれていた成増の廃アパートへ、滝口さんを呼び出しました。そこは藤原さんがひとりで見つけた場所だったから、滝口さんは知らなかったんですよ。警戒していたとは思いますが、それでも彼は誘いに乗ってきた。自動車事故の件で警察に捕まる前に、私の正体を見極めたいと思ったのかもしれません。会ってみて、滝口さんは私が飛鳥テクニカの社長だと気づいたようです。しかし、そのときにはもう手遅れでした。私はロープで彼を殺しました」

「その事件を知って、北鋭電機の真島課長が連絡してきたのか?」

そうです、と小久保はうなずいた。

「彼は私に電話をかけ、まさかとは思うがふたつの事件に関係あるのかと尋ねてきました。このとき初めて、そのとおりだと私は打ち明けました。真島さんはしばらく黙り込んだあと、猛烈に私を責めました。あんたはそれでも人間か、とね。私にとっては心外なことでしたよ。それはちょっと違うんじゃないか、と私は言った。これは自分ひとりのためにしたことじゃない。真島さん、あなたのためでもあるんです、と。それでも彼は私を責め続けました。ああ、ちくしょう、うるさい、と私は思った。いっそのこと真島さんも殺してしまおうと考えました。真島さんがいなければ、サイレントチェンジの真相を知る者は、北鋭電機にひとりもいなくなるんですからね」

「それで今日、彼をここへ呼び出したわけか」川奈部が唸《うな》った。

小久保は窓の外に目をやって、外灯を見つめた。

「この倉庫には納品や検品の打ち合わせで何度も来ていたから、中の構造もよくわかっていました。昨日の夜、私は真島さんに電話をかけました。自首したいから細かな口裏合わせをしたい、と言ったんです。すべて私の責任ということにする、北鋭電機さんには何ら落ち度はないと自供します、と連絡したら、真島さんはほっとした様子でやってきましたよ。まったく現金なものです。計画メモどおり、気絶させたあと屋上から突き落とすことも考えましたが、そこまで運んでいくのが一苦労です。それで、私は慣れたロープで殺すことにしました。……でも、あなた方に阻止されてしまいましたね。残念ですよ」

矢代たちは飛鳥テクニカの小久保が犯人だと筋読みし、次に狙われるのは北鋭電機の真島ではないかと推測した。そのときにはすでにふたりとも会社を出てしまって、居場所がわからなかった。矢代たちは北鋭電機に向かい、真島の行き先を探ったのだ。昨夜小久保から連絡を受けた真島は、今朝事務社員に三鷹倉庫の状態を尋ね、廃屋となっていることを知った。その情報がなければ、おそらく矢代たちは真島を救出できなかっただろう。

あらためて矢代は目の前にいる殺人犯の表情をうかがった。

ときどきわずかに感情の高ぶりが見えるだけで、小久保の告白はほとんどが淡々としたものだった。そこに矢代は不気味さを感じる。

「藤原さんに脅迫状を送ったのはおまえなのか？」

小久保を見つめて、矢代は尋ねた。これは捜査の初日から気になっていたことだ。

「脅迫状？」小久保は不思議そうな顔をした。「何ですか、それは」

矢代は資料ファイルからコピーを抜き出す。

「藤原さんのパソコンに、この画像データが残されていた。クレームをつけられたのを逆恨みして、おまえが送りつけたんじゃないのか？」

「違いますね」小久保はゆっくりと首を振った。「こんなもの、見たこともありません」

嘘をついているようには見えなかった。ここまで告白してきて、脅迫状のことだけごまかすというのも考えにくい。

「あなたが知らないとなると、私たちは別の見方をしなければなりません」

理沙はコピーを見ながら考え込む。やがて、右手の人差し指で宙に文字を書くようなマイムを始めた。

「新聞の文字を切り貼りして作った文書が一枚。藤原さんはそれをデジカメで撮影して、パソコンに保存したと思われる。考えてみれば私たちの手元にあるのはこの画像だけで、郵送された封筒の画像は見つかっていない。ここで大胆な推測をしてみましょう。この文書はもともと封筒に入っていたのではなく、単独で存在していたのではないか。つまりこれは送られてきたものではなく、『これから送ろうとする文書』だったのではないか……」

え、と言って川奈部が目を見開いた。

「鳴海さん、これを作ったのは藤原自身だったというのか？」

「その可能性が高いと思います」理沙は言った。「『ゆにぞんころすげきやくしたい』という文章は不気味なイメージを演出するため、あえて意味がわかりにくいように作成したんでしょう。文中に出てくる劇薬ですが、藤原さんは普段から漢方薬をのんでいました。だから心的辞書を検索したとき、薬や劇薬という言葉が出てきたのだと、私は想像しています。……練馬事件で藤原さんが被害者になったことから、私たちは彼が脅迫されていたのだと思い込んでいました。でも、そうではなかったのかもしれない。藤原さんが北鋭電機を恨んでいたとしたら、この脅迫状を書いたのは彼自身だった可能性があります。いずれ北鋭電機に送りつけて、脅そうとしていたんじゃないでしょうか」

驚きの目で矢代は理沙を見た。それから小久保の様子をうかがった。

藤原殺しの犯人である小久保もまた、その話に衝撃を受けているようだ。

「私を脅迫して、本当に殺すつもりだったと？」

小久保は落ち着きのない目で辺りを見回した。彼を見据えて、理沙は静かな口調で話しかける。

「こんな文書を作らなくてはいられないぐらい、犯人を恨んでいたんでしょう。火災の原因を作った人物をね」

小久保は動揺している。今までの冷静な態度を失っていることがよくわかる。

「私ひとりのせいじゃない……」苦しげな声で彼は言った。「元はといえば、悪いのは北鋭電機です。あいつらが会社の力を利用して、私を陥れようとした。うちのように北鋭に苦しめられた町工場はたくさんあるはずです。言うことを聞かなければ契約を切る。

そう脅されたら逆らえないじゃないですか。そんな状況の中、自分たちの生活を守ろうとしたら、コストを減らすしかないんです」

「小久保さん、そのやり方が問題だと言っているんです」理沙は諭すような調子で言った。「どんなに苦しい状況にあっても、あなたは言い訳できません。メーカーは人を傷つけるような製品を世に出してはいけないんです」

「それは……わかっていますよ」

「いえ、わかっていないと思います」理沙は声を強めた。「あなたは罪の種子を埋め込んだパーツを、広く世の中にばらまいてしまったんです。誰もそれを知らずに使っていました。大きな危険があるというのに」

「普通なら火事になるようなものじゃありません。藤原克子さんはたまたま運が悪かっただけです」

「本気でそんなことを言っているんですか?」眉《まゆ》をひそめて理沙は尋ねた。「あなたの奥さんや子供が火災の犠牲になったとき、あなたはメーカーを許せますか?」

口を引き結び、小久保は黙り込む。何か言おうとしたが、その言葉を呑《の》み込んで、深いため息をついた。

理沙は険しい表情で、目の前の犯罪者を見つめていた。

5

昨日は少し雨が降ったが、今日は朝からよく晴れていた。

九月二十一日、午前八時三十分。練馬署に設置された特捜本部で朝の会議が開かれた。捜査員たちの前に立ち、古賀係長はいつものように指示棒を伸ばした。ホワイトボードの項目を指しながら議事を進めていく。

「十七日に逮捕された被疑者・小久保彰は特に抵抗することもなく、取調べに応じています。これまでの自供によって、事件の全貌《ぜんぼう》が明らかになってきました。結局この事件は五年前の火災がきっかけになっていた。いち消費者であった藤原達治が北鋭電機にクレームをつけ、事が大きくなって殺人につながった。ここで注意しなければならないのは、今回のようなケースでは、いつ、誰が殺人犯になってもおかしくないということです。実際、藤原達治と甥《おい》の滝口は、復讐《ふくしゅう》計画を立てていました」

それを聞いて、矢代は資料から顔を上げた。理沙も前方に立つ古賀を見つめている。

「もし藤原が妻の復讐のため、本当に行動していたら、彼は北鋭電機の真島や飛鳥テクニカの小久保を殺害していたかもしれません。あるいは、協力を求められた甥の滝口が、藤原の共犯者になっていた可能性もあります。藤原が殺害されたことを知った滝口が、真相を知って小久保を殺害するというケースもあり得た。また、小久保ではなく北鋭電機の真島が殺人を犯していたかもしれない。いつ被害者と加害者が入れ替わっても不思議ではない事件だったと、私は考えています」

たしかに、と矢代は思った。仮定の話をしても仕方がないが、古賀の言うようなことが起きてもおかしくなかった。その場合、捜査はより難しくなっていただろう。

「そういう意味で我々捜査員はひとつの考えにとらわれず、さまざまな可能性を考慮する必要があった。無事犯人が逮捕できたのは諸君のおかげですが、これに満足することなく、どんな事件に遭遇しても油断なく行動してほしいと思います」

古賀がこのような訓示をするのは珍しい。なぜだろうと不思議に思っていると、じきにその理由がわかった。今日も捜査員席の隅に、八係の人間が座っていたのだ。それは国木田哲夫だった。今回はひとりで来たらしく、永井係長の姿は見えない。

矢代たちの特捜本部では被疑者を逮捕し、捜査の節目を迎えることができた。それで幹部が八係の国木田を呼んだのではないだろうか。この先、四係での取調べが終わったあと、八係でも被疑者を調べるのだと思われる。

昨夜以降、あらたに入ってきた情報について、古賀係長は報告を求めた。川奈部が挙手し、指名を受けて立ち上がった。

「藤原達治の古い友人から話を聞くことができました。藤原は五年前の六月に白内障の手術を受けていますが、あれは奥さんの死と関係があったようです」

「というと？」

「五年前の一月の火災で、奥さんが亡くなりました。その件で藤原はずいぶん自分を責めたようです。当時、白内障でものが見えにくくなっていた。そのせいで部屋の中の危険に気づかなかったんじゃないか、というんです」

妻は脳梗塞《のうこうそく》であまり起き上がれない状態だった。なんとか起き上がったとしても、ふらついたり転んだりするおそれがあった。自分の目がはっきり見えていれば、布団からもっとストーブを離すとか、いざというときの逃げ道を確保しておくとか、対策を講じることができたのではないか。藤原はそう感じたのだろう。実際には、ストーブが出火原因ではなかったわけだが——。

「そういう後悔があって、六月に白内障の手術を受けたんだと思います。今さら目がよくなっても意味がない、と考える一方で、あの火災について調べたいという気持ちが膨らんでいたんじゃないでしょうか。実際、左目の手術をしてものがよく見えるようになると、藤原は熱心に火災のことを調べ始めました。それまで敬遠していた新聞や雑誌の記事も読めるようになって、スクラップを始めた。のちには、ＩＳＯ９０００や家電の品質管理についての本も読むようになったわけです」

矢代は眼科医の戸山の言葉を思い出した。手術のあと藤原は「この世界はこんなにきれいだったんですね」と言ったらしい。世界が違って見えるぐらい回復し、じっとしていられなくなったのではないか。

今年になって、彼は製評機構のセミナーを受け、サイレントチェンジのことを知った。

それで北鋭電機の製品が怪しいと感じ、火災が起こる前に使っていたエアコン、液晶テレビ、DVDレコーダー、ライトテーブルなどを購入。それらを長時間使って火災が起きないかと、素人ながらテストをしていたのだろう。

「甥の滝口は、事件に巻き込まれてしまった形だな?」

古賀が尋ねると、ええ、と川奈部は答えた。

「滝口自身は北鋭電機にも飛鳥テクニカにも直接の恨みはありませんでした。ですが、滝口は藤原の奥さんにずいぶん世話になっていて、事実関係を確認したいと思ったようです。また、藤原も滝口も義侠心《ぎきょうしん》というか、正義感の強い性格だったため、企業の不正があるとしたら絶対許せないと感じたんでしょう。藤原が殺害されたあと、滝口は北鋭電機の犯行ではないか、と疑ったんだと思います」

「藤原たちの強気なクレームが北鋭電機から飛鳥テクニカに伝わり、小久保を追い詰めたということか」

川奈部の報告を聞き終えて、古賀係長はそうつぶやいた。

彼の表情が少し変わっていることに、矢代は気づいた。古賀は難しい問題に頭を悩ませているように見える。今回の事件には組織の論理が深く関わっていた。北鋭電機と警視庁では性質がまったく異なるが、管理職としての悩みには、何か通じるものがあるのかもしれなかった。

朝の会議が終わると、捜査員たちはそれぞれ相棒とともに講堂から出ていった。

矢代と理沙は後輩たちの様子を見に行った。夏目・谷崎組は今日もノートパソコンのデータを調べるそうだ。

「滝口が集めていたデータと藤原のデータを比較するよう、指示しておいた」財津係長がこちらを向いて言った。「集めた情報をもとにして、藤原達治は北鋭電機にクレームをつけていたはずだ。古賀さんも言っていたが、今回の事件は誰が犯人になってもおかしくなかった。動機や事件の経緯を解明するためにも、パソコンのデータをよく調べないとな」

「ところで財津係長、今後のことなんですが……」

理沙が小声で言うと、財津は耳をそばだてるような仕草をした。

「谷崎さんは科学捜査係に戻るんでしょうか？」

「ああ、そうだな。俺としてはあいつにチーム捜査の面白さを知ってほしかったんだが、どうも難しかったようだし……。夏目は谷崎を戻してほしいと言っているんだろう？」

「あ、いえ、それはまだわかりません」理沙は首を振った。「谷崎さんにも変化の兆しが見えるんですよ。もしかしたら、彼はこれから大きく成長するかもしれません」

財津は意外そうな顔で、谷崎のうしろ姿に目をやった。それから理沙に視線を戻した。

「それが本当なら、もう少し鳴海に預けてみる価値はあるかな」

「文書解読にもパソコンの力は必要ですし、試してみてもいいんじゃないでしょうか」

「じゃあ、考えてみるか。ただ、上がいろいろうるさいんでね。俺の思いどおりになるとは限らない」

財津にしては慎重な発言だ。気になって、矢代は尋ねてみた。

「やっぱり岩下管理官ですか。あの人、文書解読班を嫌ってますもんね」

「そうなんだ。俺が何かやろうとすると、ことごとくケチをつけてくるんだよな」

噂をすれば何とやらで、その岩下が矢代たちのそばにやってきた。例によって、彼女は不機嫌そうな顔をしている。

「これで終わったわけではないわよ」岩下は理沙を見ながら言った。「運のよさは、いつまでも続くものじゃない。役に立たない部署はいずれ必ず解体されます。そもそも警察に必要なのは、足を使った堅実な捜査なんだから」

たしかにそうだ、と矢代は思う。自分も理沙のような頭脳労働よりは、現場での聞き込みを優先したいという立場だ。しかし文書解読班を「役に立たない部署」とするのは、少し言いすぎではないだろうか。

矢代がそう考えていると、理沙が硬い表情で口を開いた。

「岩下管理官。私の意見を申し上げてもよろしいですか」

普段、岩下の前で見せる顔とは違っている。今、理沙の態度からは、強い覚悟のようなものが感じられた。

「いいでしょう。話してみなさい」

ひとつ息をしてから、理沙ははっきりした口調で言った。

「全員が足を使って動いてしまったら、筋読みができないいんじゃないでしょうか。証拠品を調べてじっくり考える人間も必要です。そういう部署があってもいいと思うんです」

「それがあなたたちだと言うんですか？」

「そうなれたらいいと考えています」

「思い上がらないことね」岩下は射貫《いぬ》くような目で理沙を見た。「ろくに捜査経験もない人間に、筋読みができるの？　あなたは事件を甘く見すぎています。頭で考えた筋読みは、自分にとって都合のいいものになってしまう。それはつまり、警察にとって都合のいいものだということです。そういうところから冤罪《えんざい》が生まれるのよ」

ここで冤罪などという言葉が出るとは思わなかった。

決して声を荒らげるわけではない。だが岩下の言葉には、相手に有無を言わせぬ迫力があった。矢代も財津も、沈黙するしかなかった。

だが驚いたことに、理沙は動じていないようだ。彼女は岩下を正面から見つめた。

「たしかに、頭で考えた筋読みは説得力に乏しいかもしれません。ですが、捜査経験の豊富な刑事たちが、その経験ゆえに、思い込みで筋読みしてしまうことこそ危険です。経験則で絞り込まず、さまざまな可能性を考慮するべきだと、私は思います。いくつもの筋読みをして、ひとつずつ裏をとっていけば、必ず真相が解明できるはずです。そのために私たち文書解読班は、人の語った言葉や、現場に残された文書を調べていくんです」

岩下はしばらく理沙を睨《にら》んでいたが、やがて口元に笑みを浮かべた。

「あら、そう。そこまで言うからには、次もきちんとやってみせなさい。もし成果が出なければ、あなたたちは必要ないということよね」

「チャンスをいただければ、必ず成果を挙げてご覧に入れます」

「その言葉、忘れないように」

理沙から矢代、財津へと視線を移していったあと、岩下は踵《きびす》を返した。

彼女が立ち去ると、矢代たちは顔を見合わせた。管理官の前で啖呵《たんか》を切った理沙は、かなり緊張していたようだ。

「岩下さんは心の底から冤罪を嫌っているんだ。過去に何かあったらしくてな」

財津が言うのを聞いて、矢代は岩下の抱える事情のことを考えた。かつて自分が冤罪に関わってしまったとか、見逃してしまったとか、そういう経緯があるのかもしれない。おそらく岩下は忸怩《じくじ》たる思いでいるのだろう。

「とにかくだ」財津は、矢代と理沙に向かって言った。「俺としては、文書が絡んだ事件でおまえたちにぜひ活躍してほしいと思っている。それは、これから先もずっと変わらない」

「そうですね。そのための文書解読班ですから」と理沙。

「だがその一方で、今の時代、ＩＴ関係の技術なしには捜査が進まない、という事実もある。俺が目指すのは、アナログとデジタルのシームレスな結合なんだ。わかるかい、矢代」

「ええと……すみません、よくわかりません」

「そうだろうな」財津は苦笑いを浮かべた。「まあいい。これからも鳴海と一緒に頑張ってくれ」

捜査が一段落したので、財津は別の特捜本部に向かうそうだ。じゃあ、よろしくな、と言って彼は講堂から出ていく。

理沙は古賀に報告することがあると言って、幹部席に向かった。

矢代が席に戻ろうとすると、うしろから「先輩」と呼び止められた。振り返ると、不安そうな顔で谷崎が立っていた。

「さっき僕のことを話していませんでした？」

「ああ……うん。今回は谷崎がよくやってくれた、と話していたんだ。ところで、もう少し文書解読班にいろと言われたらどうする？」

え、と言って谷崎はまばたきをした。それから両目を大きく見開いて、矢代に顔を近づけてきた。

「まさか、このまま僕を文書解読班に？」

「今回の捜査では、谷崎にずいぶん助けられたしな」

「いや、しかし、警視庁のサルガッソーと言われるこの部署にですか？」

「なんだと。そんなふうに言われてるのか？」

「ここは文書を解読する部署ですよね。僕の技術はＩＴ系の犯罪捜査に役立つものであって、それを本来の捜査に使わないというのはまったくもって……」

谷崎は早口で訴えてくる。わかったわかった、と矢代は彼の肩を叩《たた》いた。

「それにですね、僕がここに残ったら夏目さんが嫌がるでしょう」

彼に言われて、なるほど、と矢代は思った。一応、話を聞いておくべきかもしれない。

矢代は谷崎を残して、夏目の席に近づいていった。彼女は背を丸めて、ノートパソコンのキーボードを叩いている。ここ数日の捜査で、タッチのスピードがかなり速くなったようだ。

「夏目、お疲れさん」

うしろから矢代が声をかけると、彼女は手を止めて振り返った。

「矢代先輩、これから捜査ですか。いいですねえ。私も外に出たいですよ」

「単刀直入に訊《き》くけどさ、谷崎をどう思う？　俺が見たところ、文書捜査にも役立ってくれそうな気がするんだが」

夏目は首をかしげて考える様子だ。それから、小声でこう答えた。

「谷崎くんがいると、私と彼が組まされますよね。必然的に私は外に出られなくなります。それは嫌だなと……」

そうだった。夏目は外で仕事をしたいというタイプだ。パソコン担当になってしまうのは不本意なのだろう。

「ただ……」と彼女は言った。「仕事ですから、好きなことだけやっているわけにはいきませんよね。伯父《おじ》の会社でも、そういうことがあったんです」

「伯父さんは町工場を経営していたんだったな」

「すごく優秀な営業さんがいたんですよ。でもその人、車で事故を起こして右脚が不自由になってしまったんです。仕方なく内勤を始めましたが、好きな営業の仕事ができずにかなり悩んだそうで……。一時は会社を辞めることも考えたみたいですけど、そのうち社内業務の効率化を次々に進めて、今では総務部長になっています。そんな話を伯父から聞かされて、ああ、人は環境が変わってもけっこう順応できるものなんだ、と私は思ったんですよね」

夏目は遠い目をしていたが、はっと我に返って恥ずかしそうな顔をした。

「すみません、変な話をしました。仕事に戻ります」

頭を下げると、彼女はまたパソコンに向かった。

そろそろ今日の捜査に出かけなければならない。矢代は席に戻って外出の準備を始めた。

理沙とともに講堂を出ようとすると、「おい、鳴海」と呼ぶ声が聞こえた。足を止め、ふたりは振り返る。

八係の国木田主任がこちらにやってきた。彼は矢代の顔をちらりと見たあと、理沙に話しかけた。

「結局、文書解読班が金星を挙げたんだってな」

「運がよかっただけですから」と理沙。

「いや、違うな。俺が教えてやった情報のおかげだ。感謝してほしいもんだが」

「あれは情報の取引をしただけでしょう。国木田さん、負け惜しみはかっこ悪いですよ」

「大きなお世話だ。今回はこんな結果になったが、次は俺が犯人を捕まえてみせる」

え、と言って理沙は国木田を見つめた。

「次があるんですか？」

「……もしあればの話だ」ふん、と国木田は鼻を鳴らす。

あの、と矢代は遠慮がちに話しかけた。

「国木田さん、もしかして今回、鳴海主任に花を持たせてくれたんですか？」

「なんで俺がそんなことをするんだよ」彼は眉《まゆ》を大きく動かした。「俺は自分ファーストなんだ。自分のやりたいように行動する。まあ、おまえたちとは違うってことだ」

にやりと笑って、国木田はそう言った。

矢代は理沙とともに裏付け捜査に出かけた。

これは被疑者の供述をもとに、事実関係を確認する作業だ。手間はかかるが、犯人はすでに逮捕されているから、気分的にはかなり楽になったと言える。

裏付け捜査に緊急性はない。矢代たちは電車で移動することになっていた。

「今回のサイレントチェンジのこと、いずれ公表されるんですよね？」駅に向かって歩きながら、矢代は理沙に話しかけた。「そうなれば世間は大騒ぎでしょう。北鋭電機と飛鳥テクニカは、大きく信用を落とすことになりますね」

「もしかしたら警察からではなく、経産省や製評機構から発表されるかもしれません。これは間違いなく大きなニュースになりますよ。藤原さんが願っていたとおりにね」

「筋の通ったクレームをつけていたのに、殺されてしまうとは……。藤原さんも無念だったでしょう」

「昨日、谷崎さんの調べで、藤原さんが書いたテキストメモが見つかったんですよね。そこには、メーカーへの恨みと思われる文章が書かれていました。もともと藤原さんは北鋭電機が好きで、家電製品はホクエイブランドで揃えていたようです。海外メーカーのものより信頼できるという理由でね。ところがその北鋭電機の製品に不具合があった疑いが生じて、しかもクレームはことごとく無視されてしまった。それどころか総務の磯貝部長には、奥さんのミスだとまで言われた。裏切られたという思いが強まって、告発する気持ちになったんでしょう。……その気持ちは私にもわかります。ただ、殺害計画のメモまで作ったのは、明らかに行きすぎだったと思いますが」

火災で妻を失ったあと藤原はどれほど苦しんだことだろう。警察や消防からは失火と断定され、彼は深く後悔したに違いない。亡くなった妻を責めるわけにもいかず、誰かに責任転嫁したかったのではないか。あきらめきれずに調べ続けるうち、北鋭電機の製品に問題があったのではないか、と彼は気づいた。藤原にとって、クレームをつけることが残りの人生を生きる目的になったのではないか。

「奥さんの遺骨を手元に置いていたのは、心の整理がつかなかったからですかね」矢代は藤原達治の顔を思い浮かべた。「たまたま神式で葬儀をしたのかもしれませんが、お寺と縁がなかったから、すぐには遺骨を墓に入れなかった。そのまま時間がたって今年になってしまった、と……」

「その後、北鋭電機に出火の責任があるらしいとわかってきて、気持ちが変わったんでしょうか」

「そうですね。北鋭電機が不具合を認めれば、奥さんの供養もできそうだと考えた。それでお墓を作ろうとしたのかな」

妻の骨を墓に納め、いずれは自分もその墓に入るつもりだったのだろう。だがその前に藤原は殺害されてしまったのだ。

歩いているうち、理沙は何か考える表情になった。前方の信号は赤だ。横断歩道の前で足を止め、彼女は矢代の顔を見上げた。

「私、ひとつ気になっていることがあるんです。小久保を逮捕したとき、私はこう言いました。あの脅迫状は藤原達治さん自身が作ったんじゃないかって」

「そうでしたね。いずれ北鋭電機に送りつけて、脅そうとしたのではないか、と」

「でも、本当はそうじゃなかったのかもしれません。私は解釈を間違えていた可能性があります。……じつは今朝、やってきたんですよ、文字の神様が」

「何か、気がついたんですか？」

彼女が文字の神様と呼んでいるのは、あるとき突然やってくるひらめきのことだ。

「そのあといろいろ調べてみて、やはりこれが正解じゃないかと思ったんです」

理沙はバッグから、切り貼り文のコピーを取り出した。

《ゆ　に　ぞん　こ　ろ　す　げ　き　や　く　し　たい》

新聞を切り抜いた文字でそう綴られている。捜査を進めながら、もう何度も見てきた文面だった。

「私はこれを『ユニゾン　殺す　劇薬　死体』だと解釈していました。でも、どうにも違和感が拭《ぬぐ》いきれなくて……。藤原さんが作ったものに間違いないと思いながらも、何か変だという気がしていました。それで、この文章に別の読み方はないかと考えていたんです。そうするうち、今朝になってひとつ思いついたことがありました」

理沙はペンで区切りの線を引いた。

《ゆ　に　ぞん／こ　ろ　す／げ　き　や　く／し　た　い》

「今までずっと、こうだと思っていましたよね。それを、こういうふうに切り分けたらどうでしょうか」

彼女はその文章に、もう一本の線を引いた。

《ゆ に ぞ ん／こ ろ す／げ き／や く／し た い》

どういうことだろう、と矢代は首をかしげる。

「これが、どんなふうに読めるんですか？」

「劇薬ではなくて『劇』と『役』じゃないかと考えたんですよ。すると全体の意味が、がらりと変わりました。もともと『てにをは』がない文章だから、こういう解釈もできると思うんです。劇で役をしたい、つまり、お芝居を演じてみたい、と」

「えっ……」

まったく予想外の話だった。矢代は理沙の顔を見つめたあと、もう一度コピーに目を落とした。理沙は説明を続けた。

「そうすると、ほかの言葉の意味もわかったんです。『コロス』は『コーラス』の語源になったと言われるギリシャ語じゃないでしょうか。古代ギリシャの舞台劇で、歌によって芝居の状況説明をする人たちをコロスといいます。そのコロスは歌を歌うだけでなく、『ユニゾン』で詩を朗読することもあったそうです。だとするとこの文章は『ユニゾン　コロス　劇　役　したい』と読むべきかもしれない。つまり『ユニゾンでコロスをやりたい。劇で何かの役も演じてみたい』という意味じゃないかと思うんです」

「どうして藤原さんがそんな文章を……」

「私も不思議に思いました。藤原さんにはコーラスの趣味も、お芝居をやる趣味もないはずです。でも、関係者がもうひとりいましたよね。ほら、藤原さんのすぐそばに」

はっとして、矢代はまばたきをした。

「奥さんの克子さん、ですか？」

「そうです。相田デザインを訪ねたとき、克子さんは『趣味の市民サークルで歌やお芝居をやっていた』という話が出たでしょう」

「たしかに……。でも奥さんは五年前に亡くなっていますよね」

理沙はこくりとうなずく。人差し指で文字を書く仕草をしながら、彼女は言った。

「六年前、克子さんは脳梗塞《のうこうそく》で体が不自由になった、と聞いています。当時治療に当たった医師に電話してみたら、彼女は失語症になっていたそうなんです。言葉を話したり、書いたりすることが不自由になる症状が出ていたんですね。言語聴覚士に助けられつつ、退院してからは、藤原さんが奥さんに読み書きの練習をさせていたようです。もしかしたらそのとき、新聞の文字を切り抜いて使っていたんじゃないでしょうか」

そうか、と矢代は思った。理沙の言っていることがようやく理解できた。

「つまりこれは脅迫状などではない、ということですね」

「ええ。当時はまだ、藤原さんは新聞を購読していたんだと思います。彼が切り抜いた字を奥さんが並べて、意味のある文章を作る。これは藤原さん夫婦がやっていた、文字に関するリハビリだったんじゃないでしょうか」

そう考えれば文章が拙《つたな》いことも理解できる。おそらく克子は最初のうち、うまく文字を並べることができなかったのだろう。だが毎日練習を重ねて、ようやくこの文章が出来たわけだ。

「嬉《うれ》しくて、藤原達治さんはその紙を、財布にでもしまっていたんだと思います。紙には小さく畳んだ跡がありましたからね。……ところがその後、藤原夫妻は悲劇を迎えることになります」

五年前の一月二十四日、藤原の留守中に火災が起こり、すべては失われた。家財道具も、妻の克子も、出火原因となったライトテーブルも――。

「でも、この切り貼り文だけは藤原さんが持っていたから、燃えずに済んだんでしょう。今年になって北鋭電機にクレームをつけることを決めたとき、藤原さんはそれを撮影してパソコンに保存したんだと思います。紙がだいぶ傷んできたので、データを残しておきたかったんじゃないでしょうか。そのあと原本は処分した可能性があります」

「そうかもしれません。……いや、それが正解だという気がしますね」

矢代は深くうなずく。今まで見えていた世界が反転したような驚きがあった。

そんな矢代の様子を見ながら、理沙は口元を緩めた。だがその微笑は、どこか寂しげだった。

「私もまだまだですね。文書解読班と名乗っていながら、わずか十四文字の文章が読み解けなかったなんて」

「いや、[illegible]いいんじゃないでしょうか」矢代は首を振ってみせた。「人の過ちを正すのが警察官の仕事です。だったら文書解読班は、文章の読み間違いを訂正すればいいと思うんですよ。誤解や誤読を指摘して、正しい解釈を広めてあげればいいんじゃないかと。……なんて、かっこつけすぎでしょうか」

驚いたという表情で理沙は矢代を見ている。やがて彼女は口を開いた。

「矢代さんがそんなことを言ってくれるとは思いませんでした。文書解読にはまるで興味がないと思っていたのに」

「俺もチームの一員ですよ。メンバーも増えてきたことだし、これから頑張らないと」

「それは心強いですね。矢代さんにもサブリーダーの自覚が出てきましたか」

「いや、正式にサブリーダーを拝命した記憶はないんですが……」

自動車の流れが途切れて、歩行者用の信号が青になった。

さあ、行きましょう、と彼女は言った。風が吹いて、ウエーブのかかった髪が揺れている。

明るい日射しの中、矢代は理沙とともに歩きだした。

本書は書き下ろしです。

本書はフィクションであり、登場する地名、人名、団体名などすべて架空のもので、現実のものとは一切関係ありません。

灰《はい》の轍《わだち》

警視庁文書捜査官《けいしちようぶんしよそうさかん》

麻見和史《あさみかずし》

平成30年 11月25日　初版発行
令和 6 年 11月25日　5 版発行

発行者●山下直久

発行●株式会社KADOKAWA
〒102-8177　東京都千代田区富士見2-13-3
電話　0570-002-301（ナビダイヤル）

角川文庫 21288

印刷所●株式会社KADOKAWA
製本所●株式会社KADOKAWA

表紙画●和田三造

ISBN 978-4-04-107400-8　C0193

◆◇◇

角川文庫発刊に際して

角川源義

　第二次世界大戦の敗北は、軍事力の敗北であった以上に、私たちの若い文化力の敗退であった。私たちの文化が戦争に対して如何に無力であり、単なるあだ花に過ぎなかったかを、私たちは身を以て体験し痛感した。西洋近代文化の摂取にとって、明治以後八十年の歳月は決して短かすぎたとは言えない。にもかかわらず、近代文化の伝統を確立し、自由な批判と柔軟な良識に富む文化層として自らを形成することに私たちは失敗して来た。そしてこれは、各層への文化の普及滲透を任務とする出版人の責任でもあった。

　一九四五年以来、私たちは再び振出しに戻り、第一歩から踏み出すことを余儀なくされた。これは大きな不幸ではあるが、反面、これまでの混沌・未熟・歪曲の中にあった我が国の文化に秩序と確たる基礎を齎らすためには絶好の機会でもある。角川書店は、このような祖国の文化的危機にあたり、微力をも顧みず再建の礎石たるべき抱負と決意とをもって出発したが、ここに創立以来の念願を果すべく角川文庫を発刊する。これまで刊行されたあらゆる全集叢書文庫類の長所と短所とを検討し、古今東西の不朽の典籍を、良心的編集のもとに、廉価に、そして書架にふさわしい美本として、多くのひとびとに提供しようとする。しかし私たちは徒らに百科全書的な知識のジレッタントを作ることを目的とせず、あくまで祖国の文化に秩序と再建への道を示し、この文庫を角川書店の栄ある事業として、今後永久に継続発展せしめ、学芸と教養との殿堂として大成せんことを期したい。多くの読書子の愛情ある忠言と支持とによって、この希望と抱負とを完遂せしめられんことを願う。

一九四九年五月三日

角川文庫ベストセラー

警視庁文書捜査官

麻見和史

警視庁捜査一課文書解読班——文章心理学を学び、文書の内容から筆記者の生まれや性格などを推理する技術が認められて抜擢された鳴海理沙警部補が、右手首が切断された不可解な殺人事件に挑む。

緋色のシグナル
警視庁文書捜査官エピソード・ゼロ

麻見和史

発見された遺体の横には、謎の赤い文字が書かれていた——。「品」「蟲」の文字を解読すべく、所轄の巡査部長・鳴海理沙と捜査一課の国木田が奔走。文書解読班設立前の警視庁を舞台に、理沙の推理が冴える！

永久囚人
警視庁文書捜査官

麻見和史

文字を偏愛する鳴海理沙班長が率いる捜査一課文書解読班。そこへ、ダイイングメッセージの調査依頼が舞い込んできた。ある稀覯本に事件の発端があるとわかり作者を追っていくと、更なる謎が待ち受けていた。

生贄のマチ
特殊捜査班カルテット

大沢在昌

家族を何者かに惨殺された過去を持つタケルは、クチナワと名乗る車椅子の警視正からある極秘のチームに誘われ、組織の謀略渦巻くイベントに潜入する。孤独な潜入捜査班の葛藤と成長を描く、エンタメ巨編！

解放者
特殊捜査班カルテット2

大沢在昌

特殊捜査班が訪れた薬物依存症患者更生施設が、何者かに襲撃された。一方、警視正クチナワは若者を集めたゲリライベント「解放区」と、破壊工作を繰り返す一団に目をつける。捜査のうちに見えてきた黒幕とは？

角川文庫ベストセラー

十字架の王女　特殊捜査班カルテット3　大沢在昌

標的はひとり　新装版　大沢在昌

眠たい奴ら　新装版　大沢在昌

冬の保安官　新装版　大沢在昌

らんぼう　新装版　大沢在昌

国際的組織を率いる藤堂と、暴力組織〝本社〟の銃撃戦に巻きこまれ、消息を絶ったカスミ。助からなかったのか、父の下で犯罪者として生きると決めたのか。行方を追う捜査班は、ある議定書の存在に行き着く。

かつて極秘機関に所属し、国家の指令で標的を消していた男、加瀬。心に傷を抱え組織を離脱した加瀬に来た〝最後〟の依頼は、一級のテロリスト・成毛を殺す事だった。緊張感溢れるハードボイルド・サスペンス。

破門寸前の経済やくざ高見は逃げ込んだ温泉街で警察嫌いの刑事月岡と出会う。同じ女に惚れた2人は、政治家、観光業者を巻き込む巨大宗教団体の跡目争いの渦中へ……はぐれ者コンビによる一気読みサスペンス。

ある過去を持ち、今は別荘地の保安管理人をする男。冬の静かな別荘で出会ったのは、拳銃を持った少女だった（表題作）。大沢人気シリーズの登場人物達が夢の共演を果たす「再会の街角」を含む極上の短編集。

巨漢のウラと、小柄のイケの刑事コンビは、腕は立つがキレやすく素行不良、やくざのみならず署内でも恐れられている。だが、その傍若無人な捜査が、時に誰かを幸せに……？　笑いと涙の痛快刑事小説！

角川文庫ベストセラー

犯罪に向かない男
警視庁捜査一課田楽心太の事件簿

大村友貴美

いいかげんな性格で悪名高い捜査一課田楽心太は、冴えた捜査勘と共感力では誰にも負けない名刑事だ。巨大リテールカンパニー社長令嬢の誘拐と、建設現場で発見された焼死体。事件の因縁を田楽が解きあかす。

存在しなかった男
警視庁捜査一課田楽心太の事件簿

大村友貴美

タイへのハネムーンの帰国便の機内から、夫の姿が忽然と消えた。妻が途方に暮れる中、東京湾で彼の遺体が発見される。だがそのパスポートには出入国の印がなかった…。驚愕の展開に息を呑む密室ミステリ！

軌跡

今野　敏

目黒の商店街付近で起きた難解な殺人事件に、大島刑事と湯島刑事、そして心理調査官の島崎が挑む。（「老婆心」より）警察小説からアクション小説まで、文庫未収録作を厳選したオリジナル短編集。

熱波

今野　敏

内閣情報調査室の磯貝竜一は、米軍基地の全面撤去を前提にした都市計画が進む沖縄を訪れた。だがある日、磯貝は台湾マフィアに拉致されそうになる。政府と米軍をも巻き込む事態の行く末は？　長篇小説。

陰陽
鬼龍光一シリーズ

今野　敏

若い女性が都内各所で襲われ惨殺される事件が連続して発生。警視庁生活安全部の富野は、殺害現場で謎の男・鬼龍光一と出会う。祓師だという鬼龍に不審を抱く富野。だが、事件は常識では測れないものだった。

角川文庫ベストセラー

パンドラ
猟奇犯罪検死官・石上妙子

内藤 了

死神女史こと石上妙子検死官の過去を描いたスピンオフ作品が登場！ 大学院生の妙子が検死を担当した少女の「自殺」には不審な点があった。刑事1年目の厚田と話した妙子は、法医昆虫学者ジョージの力も借り……。

MIX
猟奇犯罪捜査班・藤堂比奈子

内藤 了

湖で発見された、上半身が少女、下半身が魚の謎の遺体。「人魚」事件の背後には未解決の児童行方不明事件が関わっているようだ。その後、また新たな謎の遺体が見つかる。保を狙う国際犯罪組織も暗躍し……。

COPY
猟奇犯罪捜査班・藤堂比奈子

内藤 了

発見された複数の遺体は、心臓がえぐりだされ奇妙な「魔法円」を描いていた。比奈子たち猟奇犯罪捜査班の面々は、12年前そして30年前の事件との類似を聞かされる。そしてセンターに身を隠す保が狙われ……。

脳科学捜査官 真田夏希

鳴神響一

神奈川県警初の心理職特別捜査官・真田夏希は、医師免許を持つ心理分析官。横浜のみなとみらい地区で発生した爆発事件に、編入された夏希は、そこで意外な相棒とコンビを組むことを命じられる——。

天使の屍

貫井徳郎

14歳の息子が、突然、飛び降り自殺を遂げた。真相を追う父親の前に立ち塞がる《子供たちの論理》。14歳という年代特有の不安定な少年の心理、世代間の深い溝を鮮烈に描き出した異色ミステリ！